WEI YUEDU
微阅读
1+1工程
1+1 GONGCHENG 第八辑

原路返回

骆驼

百花洲文艺出版社
BAIHUAZHOU LITERATURE AND ART PRESS

图书在版编目（CIP）数据

原路返回／骆驼著．—南昌：百花洲文艺出版社，
2014.9（2018.12重印）

（微阅读1＋1工程）

ISBN 978－7－5500－1035－2

Ⅰ.①原… Ⅱ.①骆… Ⅲ.①小小说—小说集—中国
—当代 Ⅳ.①I247.8

中国版本图书馆CIP数据核字（2014）第181439号

原路返回

骆驼　著

出　版　人：姚雪雪
组稿编辑：陈永林
责任编辑：陈永林
出　　版：百花洲文艺出版社
发行单位：全国新华书店
印　　刷：龙口市新华林文化发展有限公司
开　　本：700mm×960mm　1/16
印　　张：12
版　　次：2015年3月第1版
印　　次：2018年12月第3次印刷
字　　数：128千字
书　　号：ISBN 978－7－5500－1035－2
定　　价：29.80元

赣版权登字：05－2015－42

邮购联系：0791－86895108

网址：http：//www.bhzwy.com

图书若有印装错误，影响阅读，可向承印厂联系调换。

前　言

　　以"极短的篇幅包容极大的思想"，才能够以小胜大，经过读者的阅读，碰撞出思想的火花，震撼人的心灵。正因为这样，微型小说成为一种充满了幽默智慧、充满了空灵巧妙的独特文体。

　　如果说在二十一世纪的头一个十年，是互联网大大改变了我们的生活，那么在我们正在经历的第二个十年里，手机将更为巨大地改变我们的生活。如今，以智能手机为平台，正在构成一个巨大的阅读平台。一种新的阅读方式正不知不觉地走进大众的生活。一个新的名词就此产生，它便是"微阅读"。微阅读，是一种借短消息、网络和短文体生存的阅读方式。微阅读是阅读领域的快餐，口袋书、手机报、微博，都代表微阅读。等车时，习惯拿出手机看新闻；走路时，喜欢戴上耳机"听"小说；陪人逛街，看电子书打发等待的时间。如果有这些行为，那说明你已在不知不觉中成为"微阅读"的忠实执行者了。让我们对微型小说前景充满信心和期待的是，微型小说在微阅读的浪潮中担当着极为重要的"源头活水"。

　　肩负着繁荣中国微型小说创作、促进这一文体进一步健康发展的责任和使命，微型小说选刊杂志社推出了"微阅读1+1工程"系列丛书。这套书由一百个当代中国微型小说作家的个人自选集组成，是微型小说选刊杂志社的一项以"打造文体，推出作家，奉献精品"为目的的微型小说重点工程。相信这套书的出版，对于促进微型小说文体的进一步推广和传播，对于激励微型小说作家的创作热情，对于微型小说这一文体与新媒体的进一步结合，将有着极为重要的作用和意义。

编者

2014 年 9 月

目　录

春生的故事

春生刚从老人家的屋里出来，便被"便民商店"三十多岁的男老板堵在了小巷里。

男老板春生很熟悉，只是一直叫不出名字。三年来，每次看望那位孤身老人，春生都要从他的店里买上一大包东西。

你就是杨春生？男老板没了往日在店里的满面春风，一张脸阴沉而扭曲。

春生陪上笑脸，说，是我，我就是杨春生。

行啊，你小子行啊！学雷锋学得满城风光啦！

哪里，哪里，这些小事，算不得啥嘛！春生客气地看了一眼男老板，笑笑说。

算不得啥？这全城上下，哪个不晓得你的大名？电视上有影，报纸上有文，还算不得啥？男老板恨恨地扬了扬手中那张报纸。

春生知道，那张报纸上面刊有报道自己的文章。三年前，春生还在小城的那家工厂上班，一个春天的傍晚，春生遇见了那位老人，老人坐在破旧的房门前流泪叹息。从老人那里得知，老人曾经有两个儿子，老伴去世后，一个儿子死在了山西的某个煤窑，另一个儿子死于飞来横祸。其中根底，老人不讲，春生也懒得去问。就这样，逢年过节，春生总要提着礼品来看望这位孤身老人。

一年前，自己虽然也下岗了，但春生仍不忍心丢下这老人，前几天春生又来看望老人，不知这事咋被记者们知道了，电视、报纸齐行动，春生便成了"三月里的活雷锋"，被媒体炒得沸沸扬扬。

春生看着男老板，笑笑说，这真的算不得啥，我虽然下岗了，但我不能因为这件事就丢下他老人家，所以，所以今天我又来看看他。

太好了！男老板口气生硬，真是他妈的品德太高尚了！一个下岗小子，有几个臭钱？到老子面前摆阔？

摆阔？我摆啥阔？春生感到莫名其妙！

男老板满面怒色，说，你全部家当，买得起我这幢楼吗？春生顺着男老板指的方向看去，那正是离老人家平房不远的那幢高楼，在夕阳的映照下，正反射着刺眼的光。春生一直在猜测着那楼的主人，没想到就是男老板，春生心里顿时涌出一股难言的滋味，怪怪的。

没有吧？穷下岗仔！摆阔摆到我头上！你英雄了，光彩了！咋就不为别人想想？你叫我今后脸往那儿搁？男老板咬牙切齿，只差没有一拳揍过来。

春生一头雾水，问，我到底哪儿得罪你了？

男老板痛心疾首地说，你他妈还装蒜？那是我爹！春生差一点背过气去。

村道通了

九龙山的高在川北有名，我的故乡在九龙山腰的九龙村，通公路也是近几年的事。久居大山的人都知道，村道路坡度大，路窄，路面差，车子行进极为艰难。

我老家所在的那个大院子，十余户人家，离村道路还有段距离，为了接上那段断头路，在父亲的提议下，几个退休回家的工人、干部召集大家，就是吃再大的苦，也要接通那段路。于是，在外工作的，捐款，外出务工的，筹钱，剩下十几个老头老太婆，便在家修路。的确，那段路早该修了，平时里运粮拉肥，只好远远地堆在路边，老人们只得一背背背来背去。

而今，川北农村都这样，青壮年男女大都外出务工挣活钱去了，家中仅剩下老人和孩子，一切体力劳动，都靠老人们硬撑着维持，艰难程度可想而知。再说了，而今的年青人又都被惯坏了，城里工作的，出门就坐车，外出打工的，早已生疏了山路，哪个还想走那山路啊。大家的积极性显然很高，路修的自然就快。

通车选在了离春节很近的日子。在城里工作的，带上了车子，外出打工的，租来了车子，车们戴着红花，在村道上蛇行，老人们戴着红花，在人群中穿行。

从此，人们免除了许多交通不便之苦，生活在一种暖洋洋的氛围里。上街去办事的，骑上摩托飞驰而去，回家看看的，坐上小车悠然而来。大家都感叹，这路，要是早修十年，该有多好啊！

然而好景不长，一场夏雨过后，经不起折腾的村道终于露出了原形，泥土被冲得无影无踪，石头们无序地躺在路上，成了天然的路障。车是

自然难走了。老人们只得重新投入到维修村道上来。

　　路比以前牢固了许多。车跑起来更顺畅了。逢年过节、老人们的生日，儿女们一溜烟跑回来，同老人们欢欢喜喜地吃上一顿饭，又一溜烟地走了。老人们在小轿车卷起的尘烟里，目送着儿女远去，山村又恢复了先前的沉寂。儿女们异常高兴，说，这路通得真好啊，以前回趟家，再快也得两天时间，现在，一天就足够了。老人们也说，是啊，路通了，的确是方便啊。

　　前段时间回乡，我被面目全非的村道吓了一跳，一个夏天，这段路就变成了如此模样，我们只得在村道边下车，提着沉沉的礼品向老家走去。父亲早已候在拐角处，他将我们的东西放入事先备好的背兜，在前面默默地走着。我说，爸，把这路修一修吧，多方便呀！

　　父亲说，是该修一修了。

　　因为无车，我们便在老家住了一夜，一家人欢欢喜喜，院内的老人们也围坐在火塘边，摆起了我们这一辈人的童年趣事，大家在欢笑声中度过了一个难忘的夜晚。

　　回城后，我迅速组织大家捐款，准备重修那条村道。

　　父亲经常在夜间打电话来说，谁谁今天回来了，我们在他家呢！谁谁从外面打工回来，挣了多少钱，我们正在他家听他摆外面的事呢！父亲的高兴劲，不亚于我们每次回乡！

　　我在电话里提及整修村道的事，父亲吞吞吐吐，良久，才说，村道怕是修不成了，我们准备用那些钱，安自来水呢！我们都老了，怕担不起那担水了。我忙说，钱不够吗？不够我可以号召大家再捐！

　　父亲说，不是钱的问题，便放下了电话。

电话停了

当我拿起电话，拨打父亲的电话时，电话中的女声说，对不起，你所拨打的电话已停机。

我莫名惊诧，怎么会停机呢？一月就几十元的电话费，父亲的退休工资可是每月近千元呀！

我拨了邻居的电话，请他叫一下父亲。父亲接电话时，我首先按惯例表示了问候，问了一些近日的情况，并特意告诉他，家里的电话已欠费停机了。

父亲显得十分惊讶，说，怪不得这几天没有电话来呢？父亲说，我当场天去交。然后又问了一些我家中的情况，当得知一切都好时，便说，那就好。就挂了电话。

我们村离乡场镇较远，哥嫂和我们都不在父母身边。前些年，除了逢年过节和父母生日回去外，平常很难有联系。父母想我们了，就到村小学校去给我们打电话问问，我们若找父母有事，就将电话打到村小学，村小学的老师，便在学校的高音喇叭里通知父母，并说出约定的时间。父母听到通知，忙放下手中的活计，一路小跑着爬几里山路来到村小学，每次接电话时，都能听到父母们喘息未定的声音。两位老人在电话中争着说话，争着告诉近日的一些事，争着同儿孙摆谈，每次都弄得一家人激动万分。

那年，我二爷为接电话，在大沟里扭了脚，但为了接听儿子的电话，硬是拖着伤腿，爬了二里多路。我三爷为接电话，在雨后的山路上跌伤了腰，在床了躺了一个多月。我便同在城里工作的几个邻居商议，托了电信局的关系，破例在我们村架设了几门电话。

从此，老人们免了接听电话之苦，可以随时随意同儿孙们互叙亲情、互致问候了，电话成了老人们与儿孙平时联系亲情的唯一工具。

多么重要的电话啊！怎么能停呢？我可是与父母约定，至少每三天通一次电话！

逢场后的当天晚上，我再一次拨了父亲的电话，依然不通。我又拨了邻居的电话，父亲说，这场太忙，还没来得及上街呢，下场一定去交费。

因有事下乡，又到了给父亲打电话的日子，我便嘱儿子打个电话回去问候一声，儿子说早打了，可是打不通，电话欠费了。

我再一次拨通了邻居的电话，邻居去叫了。很久，邻居告诉我，说父亲忙，手头的事丢不开。

第二天，我还是拨了邻居的电话，邻居去叫了。很久，当我再次拨去时，是母亲来接的，她说，你爹睡下了，我忙问，怎么会呢，他天天看电视都是直到深夜呀，哪会呢，莫不是病了？母亲说，没有，你们多注意身体啊。就挂了电话。

我满腹疑虑地度过了一天。

当我咬着牙打通了邻居家的电话时，邻居的妻子接了电话，说邻居不在，有啥事，你打他的手机吧！她慢慢地告诉了我一个号码，我拨过去，已关机了。我又一次打过去，邻居的妻子接了，她说，你打某某的手机吧，他们在一起，如果某某的打不通，你就打某某，某某或某某的吧，他们肯定都在一起！

我拿起电话准备拨某某的手机时，手潜意识地停在了半空中。我的父亲啊，有啥事不能给儿子直说呢？我放心地笑了。

第二天，我嘱在老家乡场上的朋友以最快的速度帮我交了父亲的电话费，并在移动营业厅买了一部价格不菲的新手机，坐上车朝故乡的方向驶去。

调上来了

朋友云的突然到来，令我们全家人大吃一惊。更令人吃惊的是，他一进门就表现出少有的冲动和激情。他很潇洒地落座在我们的饭桌前，从包中拿出几样事先备好的小菜，牛气地吼道，拿酒来，咱兄弟今天干他几盅！

我和妻都诧异地看着云，要知道，云是那种平时十分委琐且平静的人，更何况他是滴酒不沾呀！

几杯洒下肚，云说，我调上来了！在县城 C 中。

我和妻既高兴也惊奇，要知道，云为了从小镇进入县城，整整花了八年时间啦！

我们便一杯接一杯地干酒，一声又一声地道贺！云说，啥嘛，两口子也真沉得住气，居然不问我咋调上来的！

我说，你说说看！

云显得更牛的样子，猜！使劲猜！然后顾自喝酒。

我的确猜不出来，因为为了云的调动，我们是前前后后折腾了好些年了。云是我的同学、同乡。十年前，我率先步入县城，而云却分在了故乡小镇的学校里。论水平，云在当地学校也是首屈一指。几家好点的学校都争着调他，可就因为他与他的顶头上司有些过节，调动的人一来考察，那上司都以各种借口搪塞过去，什么学校离不开云啦，什么云是学校培养的接班人啦，好像学校离了云就不能运转似的。来的人见如此，也不好多说。可一年又一年，云还是老样子，职称上不去，也不见加官晋职！该托的关系托了，该送的礼物也送了，就是不见动静！云几乎到了绝望的边沿。

云见我呆楞的样子，脸上更洋溢着不屑。他说，我看哪，现在的作家也并不怎样，没辙了吧！技穷了吧！

我与他碰上一杯，说，别装了，说吧，我不信你那榆木脑壳还有啥惊人的思维不成？

云又续上一杯酒，干咳两声，便说了调动的事。

你知道，云说，我与那家伙积怨太深！他这些年不让我走，要的就是让我永远在他的"屋檐"下。今年，学校大量添置设备，真是天赐良机！眼见顺得不行，我便逆向思考，凡是那家伙经手的大项目，我都偷偷地进行了核实，我跑成都到重庆，果然收获不小。

那天，在我将调动申请交去的时候，那家伙神情依然。我便双手撑在他的办公桌上，当时，有另外一位老师在场，我说，头儿，前几天，我到成都去了一趟，准备配一台电脑，我在某某商城看了某某电脑，他们说只要一万元，一个月前，也是这个价。我在重庆的某某公司去问了一下某某空调，人家说每台不到五千元，这三个月，都没有价格变动，说着，我便朝兜里摸，这不，人家还出具了发票呢！

少说废话，我说，说这些干啥！快说说你调动的经过！

云白我一眼！急啥，我说的就是经过！云说，后来，事情就成了！

莫名奇妙！我对云的牛气很是不满！

云说，无知了吧！别急，听我慢慢讲。那天，那家伙很快支走了那位老师，从猪皮沙发上跳起来掩上门，满脸堆笑地说，兄弟，有啥要我帮忙的，明说，我一定帮！一定帮！我便提出了调动的事，他迅速从桌上拿起笔，签了！晚上，他还邀我在小镇最高档的酒店吃了一顿，喝得天昏地暗！他说我是他最好的兄弟！今生今世都是！尔后还挥泪痛斥自己过去的不是！

我说，那家伙莫不是有神经病吧！

啥神经病！清醒得很呢！云说，实话告诉你吧！你知道，学校的电脑和空调都是在成都某商城重庆某公司购买的，那电脑只一万多元，那家伙报了多少？二万三！那空调价格是三千元，他报了多少？五千元！全校可是一次购了几十台呀！你算算账，就明白我调动的原因了！

我和妻一下子傻在了那里，半天也说不出一句话来！

红桔甜了

　　放下电话细一思量，这已是父亲第四次催我了，父亲说，这场大雪过后，红桔更甜了，硬是甜得入了耳心呢！说这话时，父亲还咂了几下嘴，那声音挺富激情的。父亲的意思，要我快些回去，一来尝尝今年桔子的味道，二来帮他将那些果实拿到集市上去卖。

　　父亲精心侍弄的那些红桔树，是十多年前我从外地弄回去的，那一年我刚参加工作，为了表示儿子的孝心，我特地买了十几株红桔苗，并回家去同父亲一起栽下。

　　从此，父亲便精心侍弄那些树苗，如待亲儿女般。父亲为它们浇水、施肥、修枝、杀虫，每一项管理，都严格按书上的指导进行，那严肃劲，不亚于教育我们。那些果树也很通人性，几年后便出落得挺拔而多姿。

　　我记得第一年花开时节，父亲在电话里像孩子见到第一场雪那般激动，父亲说，白压压的满树枝啊，香气跑了好几里呢！当乡亲们夸奖桔花的香气时，父亲又象孩子受了老师表扬那般露出羞涩的神色，说，这树是我儿子从县城弄回来的优良品种呢，说这树结出来的果子，外省人最喜欢呢！就这样，父亲怀着兴奋和渴盼的心情，等待着桔子的成熟。

　　那几月，我们隔几天总接到父亲的电话，桔子有指头大了呢！桔子有乒乓球大了呢！桔子有鸡蛋大了呢！有些桔子有黄色了呢！有几个桔子全部黄了呢！父亲总是在说桔子！

　　那一年，父亲将首先变黄的几个桔子采了下来，并打来电话，叫我快些回去尝尝！时至年末，我们哪能抽出时间啊！在苦苦的等待后，父亲同母亲商定，第一批桔子一定要送来让我们尝尝，他们的理由很简单，树是儿子买的，也是儿子同自己一同栽下的，儿子不吃第一个，谁吃？

在那个飘着大雪的冬日的早晨，父亲从百里之外的故乡，带上十九个首先成熟的红桔，来到我的面前。看着我们一家三口甜甜地吃着甜甜的红桔时，父亲长长地出了一口气。我们劝他你老也快尝尝呀，父亲说，我早吃过了，一天好几个呢！我的泪便涌上来了，因为父亲出发后，母亲在电话里告诉我，父亲带来的第一批桔子是十九个，我强压泪水，挑了个最大的剥开后，双手递到父亲面前。父亲颤微微地接过桔子，拿一瓣放进嘴里，慢慢咀嚼。我再次从父亲脸上看到了我参加工作第一天，父亲送我时的表情……

父亲回去后不久，又在电话里叹息，他说，真没想到，雪后的红桔会比前面的更甜，早知那样，他该再等几天给我们送来！

就这样，每年一场大雪后，父亲便会来给我们送红桔。他将红桔分送给邻居，其余的便拿去场上卖了。后来，妻就有了怨言，说爹怕是糊涂了吧，桔子现在几角钱一斤，来去的车费就要几十元，该买多少桔子呀！再说了，红桔越来越没有市场了，味道越来越差了，哪能比得上而今的优良品种呀！

我没有正面回答，只是沉沉地回了一句，父亲哪里是为那几个桔子啊！妻思索一阵，说，也是，只要老人高兴，就由着他。

父亲越来越老了，雪后的山路上，他再也不能健步如飞了。妻说，年前我们干脆抽两天时间回去看看吧！回去那天，父亲正坐在堂屋的火塘边，望着树上的桔子发呆，看到我们，父亲先是一愣，随即便孩子般叫着母亲的名字。我看见父亲眼中的泪水滚落下来，父亲抹一把泪，说，这屋里，烟子太大了……

次日，我邀了儿时的两个好友，决定将剩下的红桔弄到场上去卖，父亲自然是十分高兴。到场上，我将红桔分送给了我的故交，并嘱咐他们千万别告诉父亲，我从身上掏出一百元钱，换成了零钞，将其中的六十九元八角送到了父亲手上。我异常高兴地对父亲说，今天碰到几个外省人，将果子抢购一空，价格比往年高出近一角钱呢！

父亲脸上满是欣喜的神色，说，太好了，明年，我要更细心地照顾它们。我别过脸去，说，这屋里，烟子太大了……

年猪肥了

这日子咋说呢，真的是转瞬即逝。当各色的菊花纷纷退去，各色的梅花绽放枝头时，杀年猪的时节就到了。

前几天，母亲在电话里告诉了我杀年猪的具体时间，并嘱我一定回去，我没有推辞，当即应下了。除了父母兄嫂的生日必须回故乡外，杀年猪的日子也是我必须回去的，因为年猪一杀，离春节就不远了。

我的故乡在川北九龙山区，杀年猪时，邻近的乡亲会一起定下日子，在地坡上垒一台大灶，架一口大锅，挑水、劈柴、生火、过秤打号、协助宰杀等工序都有明确的分工，大家领了各自的差事，一早就忙开了。"刀儿匠"这时节成了俏货，须提前约下日子，当日清早派一个人去他家背上杀猪用的家什，送上一包烟。"刀儿匠"就点上香烟，悠然地随后跟来，好象是去赶一个什么闲会。

我回去那天，冬日少有的暖阳挂在天上，人们的心情比以往更好了，精神也更足了。我几次想插手帮忙，乡亲们都婉谢了，他们戏说道，这么笨的活路，哪是你这文弱书生干的，一边看热闹去吧！

这杀猪的场面的确壮观。猪们从圈内一出来，便一路嚎叫，等到了场上，又都缩在一堆，像真的很懂将会发生的事。报重量的看了秤杆后，高声报上猪的重量，猪的主人便会露出欣喜的神色，自豪极了。等下一家时，若重量高过了上家或低过了上家，主人便会显出更加欣喜或极为沮丧的神色。终于轮到我家了，当母亲听完了报重量的声音后，脸上的笑容十分灿烂，因为我家的猪的重量，比前面最重的要重二十多斤，这说明，母亲一年的辛劳没有白费！她依然保持着"养猪能人"的称号（老家有个规矩，谁家的猪最重，谁家的女主人就是"养猪能人"，为乡

人所敬佩)。

接下来发生的事，就令人不太愉快了。当母亲将第二头猪赶到秤架上时，全场的人就哄笑开了。因为那头猪虽然架子大，但十分瘦，那重量，肯定是今年的倒数第一了。我看见母亲的脸绯红，头埋得很低，她还不时地瞟着挂在横木上的猪和乡人们的脸。母亲看我时，脸上笑了笑，尔后迅速转到别处去了。

然后就是开膛剖肚，将猪肉分成大小不一的许多块，各自背回家去。

晚上，自然是好好地款待"刀儿匠"了。因为父亲曾是多年的乡干部，母亲做一手好菜，也因了我回去了，"刀儿匠"和几个主要的男人便在我家吃饭喝酒了。大家一个劲地夸母亲的好手艺，一个劲地夸母亲今年又是"养猪能人"，但母亲只是礼节性地笑笑，除了默默地做菜上菜，没有说一句话。

我们围坐在火塘边烤火，高声摆谈，母亲在屋内将猪肉抹上盐，花椒面和辣椒，用力揉搓，然后将猪肉分装在两个大木桶里，盖上了。我知道，隔上几天，母亲会将这些肉拿出来，挂在火塘上方，用烟熏上数日，就做成了可口的腊肉了。

第二天，母亲拿出事先留下的没有腌制的肉，叫父亲送我，我一看，就知道是那条瘦猪的，因为那肉上瘦的太多，肥的太少。我向母亲道别时，母亲始终躲着我的目光，她只说，去吧，等腊肉做好了，你爹送来。

我怀着喜悦的心情在前面走，父亲则一路无语。

临上车时，父亲叫住了我，说，这头瘦猪，可是按你的意思给你们养的，你妈每天上山扯猪草，加上米糠、包谷喂猪。为了到杀猪场上不被人笑话，我叫她给猪喂点饲料，长点膘，你妈就是不同意。她说，你们喜欢吃瘦肉，不想吃饲料喂的猪肉，只要娃儿们高兴，杀猪场上被人笑话又能咋的？父亲说，你妈昨晚上可是一夜没合眼啊！这几十年，她从来没养过这么小的猪！

雪梨熟了

父亲从老家来看我，脸上满是抑制不住的喜悦。他指着阳台上两麻袋雪梨说，今年天气好，梨儿又丰收了。我带来的全是新品种呢！本来只带一麻袋，你妈说，多带些吧！你的熟人朋友多，你妈的意思，送些给你的邻居和朋友，也算是个人情嘛！

我没有着声，心中不由犯起愁来。但为了让父亲高兴，我便应下，并说午饭后同他一道去送。

留足了自食的和给几个朋友的，我们便将剩下的雪梨装成几塑料袋，准备分送给邻居。

对面住的是某办赵主任，当我和父亲满面笑容地说明来意后，赵主任显得十分客气，他首先向我们示谢意，尔后露出很为难的神色，你们看，心意我领了，这梨，就免了吧！他将我们领进他的储藏室说，我正犯愁呢！要不，你们再搬几箱回去？我这才看清，赵主任偌大的储藏室堆了长长的一排包装精美的雪梨，我们这一小袋无异于让他雪上加霜。

道别赵主任，我们又敲响了楼上那家的门，楼上住的是某商场钱总经理。钱总对我们的到来很是高兴，他将雪梨放在茶几上，很兄弟地说，你说，这次要多少！我的确在三年前向钱总借过钱的，当时为买新房，一年前就还了。我忙说，不不不，这次不是借钱！只是想送点新品种梨，让你尝尝鲜！钱总便十分生气，哪有这道理！不借钱？不借钱送啥东西？这几个雪梨，能值多少？我看就免了吧！钱总将袋子还到我手中，说，拿回去！以后需要钱就直说一声，何必搞这些小恩小惠的？

来到门外，我见父亲的脸上有些挂不住，便征询地问，要不，再去看看其他人？父亲说，嗯。

我们便敲响了旁边的门。旁边住的是王局长，很红火的一个头儿，我迟疑了一下，说明情况，父亲说，就几个梨嘛，又不是啥值钱的东西！没想到，这回连门都没进成，还碰了一鼻子灰。王局长在半掩的门缝里将我们批评了一顿，还十分鄙夷地盯了盯那袋雪梨，又以同样的眼神看了看父亲和我。

父亲的倔脾气便上来了。他的脸因气愤而变得通红，他狠狠地说，走，我就不信送不出去一袋梨！

我们便继续向上爬。这层，居然无人开门。

到了顶楼的时候，我顿了顿。我说，算了吧，爸。父亲说，不行！父亲哪里知道我的苦处，因为这家的男人是个屠夫，腰粗背圆，他几次拿着刀要砍他老婆，我出面制止过，他逢人便说，我与他老婆"有一腿"，迟早要剁了我，云云！要知道，我至今也不知他老婆姓甚名谁呀！

倔脾气的父亲执意要我敲门，开门的果然是那家伙，我忙满脸堆笑地说明来意，并特别说明是我父亲的意思。那家伙终于铁青着脸放下搭在门框上的那只手，并停下了一直摇晃着的腰身，从我的手中接过了那袋雪梨。

我听见父亲长长地舒了一口气，回头看时，他脸色好看多了。

当我们刚往回走了几步时，那男人不堪入耳的骂声便响开了。随后，就听见一声闷响，雪梨就在墙上、楼梯上炸开了花。

父亲回过头去，看看那些自己用汗水培育出来的而今面目全非的果实，泪便如雨般落下……

最后一个猎人

　　九龙山方圆百里，山大、林茂，野物也多。野物多的地方，自然会生长一批批猎人，这里的猎人都是以种田为主，打猎也只是业余的一点爱好。

　　逢年过节，冬夜夏午，猎人们便呼明引伴，阵阵口哨后，杂交的猎狗及其主人们便聚在村后的山路上，人们荷枪实弹，狗们如箭在弦，那阵势，确也令外来人莫名激动。

　　村子里出色的猎人当数再生。再生三岁开始玩枪，木头的，见人见物都要紧瞄一阵，嘴里迸出串串枪声。后来当兵，玩上了真枪，练就了一手好枪法，成了远近有名的"神枪手"。

　　据说，退伍五年，再生打下的野物成百上千，大到野鹿小到松鼠。九龙山的猎人从不打鸟，说鸟是山的韵。

　　我要讲的是 1993 年发生的事。再生至死也记得，日子是农历 8 月初7。那天天色阴暗，连绵的阴雨下了整整一周，按理，久雨初晴的日子是打猎的日子。再生清早起来，便一路歌声，为自己返回时的辉煌战绩奏上序曲。秋播后的田园一片嫩黄，再生惊奇地发现，田地里随处可见鸟儿的尸体，偶尔也看见几只横在路边水沟里的野兔，再生知道，这是乡人们为保住庄稼种子不让野物叼啄了去，在田地里撒上拌了毒药的种子及食物。

　　简直是倒霉透顶，整整一上午，再生未听见一声鸟叫，未见到一只活着的野物，怒从心头起，只得骂骂咧咧地往回走，再生想，妈的，难道野物都叫打绝了？猎狗也早已没有先前的激情，恹恹的像得了大病。再生刚走到他二妈院坝边，就听见他二妈的骂声，她在骂自己那头光吃

不见长的猪，养了快一年了，还不足百斤。

再生二妈说，再生，把这瘟猪崩了！

再生看了他二妈一眼，没吭声。

再生二妈又说，再生，来，帮帮忙，给它一枪，中午你二爸请你喝酒，我也省了请刀儿匠的钱！

再生又看了他二妈一眼，问，真打？

打！打死这瘟猪！

再生刷地从肩头取下火药枪，瞄都不瞄，一勾扳机！

枪没响！再生二妈向屋内走去，幸灾乐祸地说，你看你，还神枪手呢，屁野物没打着，连条瘟猪都打不死！

本就一肚子火的再生哪受得了这种气！他将枪口朝地上一阵猛杵，咚咚咚！结成团的火药便散落一地。

再生重新装上火药，多加了些铁砂子，使劲抖了些火药在机关下，举枪。

轰！一声枪响。

那头猪惊叫几声，逃得没了踪影。

再生二妈在屋里吼，再生，你小子啥技术？太丢人了！见再生未出声，再生二妈走出屋来，却见再生早已在地上蜷成一团，左手捂右手，那枪已碎成了几节。再生的两个指头，正躺在地上，一颤一颤地动……

人们说，玩刀的在刀上死，玩枪的在枪上亡。再生丢了两个指头，算他小子命大。

也有人说，这是报应，是天意。

后来，九龙山便再无人玩枪。

而今，人们时常看见野物在山林田间嬉戏，听见鸟声在四处啁啾。人们说，都是再生那两指头丢得好，要不然……

自 杀

法生像一头受惊的小公牛，跌跌撞撞从田埂尽头飞跑过来的时候，英子刚好将最后一把麦捆子甩上高高的麦垛子。法生说，快，英子姐，天生出事了。

英子用眼别一下法生，说，出事，出个屁的事。他这种人，棒都打不死，牛也拉不伸，咋死得了？

法生说，我们也不相信的。可是，可是他真的出事了。我们在堰塘边看见了他的衣服、裤子和鞋，还有人听到比石头落水还要响的声音。

英子这才认真地看了一眼满面汗水的法生，觉得这事情是有些蹊跷，便半信半疑随法生往那堰塘边跑。

眼下正是麦收时节，连年干旱，土地就像爱吃昧心食的老母猪，光吃不见长。微风过处，荡起层层灰雾。田地里的小麦像野生在石骨子包上的杂草，几颗干瘪的籽粒明显营养不良，在细杆儿的支撑下摇曳。

天生清早一起来就火冒三丈，这瘟神麦子，割它劳球！收回的不如种下的多。

英子说，不割，不割你去喝风。

天燥，人更躁。话语中总充满了火药味，这世界一点就着。

天生冲天冲地地跟在英子后面，屎一路尿一路抱怨个不停。

英子说，你抽根烟，我先去割一阵。

每次总是这样，英子在气头上总要忍一忍。英子的老爹常说，气大不养家，力大不养家，男人是个耙耙，女人是个匣匣。

英子便撅起肥硕的屁股，左一下右一下地割麦，身后倒下的那一片麦穗象懒牛拉下的屎，七零八乱的，东一堆西一堆。

一路麦子割出头，英子直起了腰。说，天生，差不多了吧。其时，一股强烈的光柱正好穿过天生头顶上的柏树枝，直直地射到天生脸上。树上的懒蝉子还没拉出一个完整的调来，就又无声息了。

天生说，催个球！催！两根烟还没燃完。

英子就又撅起屁股，喳喳喳，一阵猛割。懒蝉子像刚吃了金嗓子喉宝，没命地显示实力。

一路麦子割出头，英子说，这总差不多了吧。天生看看地上的四根烟头，说，催命鬼是不？四根啥意思？四是死呢，不吉利，懂不懂？

英子抹一把脸上的汗水，将手中的镰刀用力向地下一啄，那刀片子陷入泥里好深，刀把子直直地向上立着，就像她高撅起的屁股。四是死，死是四，懒人望死，懒狗望吃屎！哪家男人像你？要死？要死你去嘛，又没人拉你没人留你，堰塘又没有加盖盖！英子终于如决堤的洪水，一发不可收！

天生狠狠地扔掉手中的烟头，说，可别后悔！今天，是你喊我去死，我就死给你看！天生就又冲天冲地地走了。

英子憋了一肚子气，继续割她的麦子。

当英子随法生跑拢那口堰塘时，盖上已站了好多的人。塘盖上果然有天生今天穿的衣裤和鞋，还有那包没有抽完的"5"牌香烟。英子便"妈"的一声拉起了长腔。

有壮小伙子从屋楼上取下了长长的晾衣服用的竹竿，在堰塘里来回搅动。人们从四方八面涌来，塘堰盖上如蜂窝炸了营。没事的老太婆和帮不上手的妇女们便自觉不自觉地数罗着天生的好处来。

天生今年三十有五，当过兵，打过工，待人和气。人生性聪明，爱开一些让人耳目一新的玩笑，就是上了当，大家也觉得值。天生便成了乡里有名的"冲壳子（吹牛）大王"。

去年夏天，下了场大雨，天生赶场办事，一不小心，便跌了一屁股泥，天生将裤角子一挽，索性抓了一把泥在身上乱抹。有人说，天生，看你那样子，忙个卵！来来来，冲几句壳子再走！天生看一眼那人，说，冲个屁的壳子！改天再说吧！今天哪有闲工夫？天生边急匆匆地走边说，二房坪的堰塘放干了，鱼儿鲜蹦乱跳的，我正忙着找东西去逮鱼呢！二

房坪堰塘的鱼多而大，这是大家都知道的。一路走过，天生都这样回答着，吆喝着，不多时，满街的人风风火火地拿着渔网和面盆，直奔二房坪堰塘而去。待走拢一看，满堰塘的水绿汪汪的，人们才猛然悟出，这东西又冲了个大壳子，便服气地大呼上当。

又有一回，天生去赶场，见开商店的表妹兰兰愁眉苦脸，就问，咋了？兰兰说，天这么热，我买回的一千多斤白糖，眼看着要化成水，几千块钱呢。天生说，我以为是牛吃麦子火烧房呢，这多简单的事？找个大袋子来，给我装10斤，等阵还你。

表妹兰兰丈二和尚摸不着头脑，半信半疑地装了10斤白糖给他。天生就提了袋子在街上走。

有人问，天生，要办啥喜事么，买那么多糖？

天生拿眼剜了一眼问的人，说，你看你，云里雾里，醒来在铺里。便又靠近问的人，悄声说，白糖要涨价了，每斤比以往贵5角呢。

问的人不信，天生就火了，管球你的，我这可是内部消息，我表弟昨天托人带信给我说的。

天生确有一个拐儿道弯子的表弟在县物价局。人们就信了，问，你在哪儿买的。天生就说在哪儿哪儿买的。

几个来回过后，天生就扑哧一声笑了。

下午天生提着那袋白糖去还时，表妹兰兰差点没喊他先人！就这样，天生便白白得了几十斤白糖，以后的一段日子里，一家人的生活便甜甜的，飘荡着糖的气味。

堰塘盖上已挤满了人，几十条汉子用几十根竹竿将堰塘搅了几个来回，也寻不见天生的影子。

英子已经哭得有章有序，向人们数落着。天生啦，你个瘟哪，放着好日子不过，你去寻啥死呀，你一走两眼一闭双脚一伸，丢下我们娘儿母子咋活啦……哭声如诉如泣，一些人便围拢来劝她，帮着落泪。

有人说，天生好呢。那回上街买化肥，他帮我扛了几肩呢。

有人说，上回为水同邻村人打架，他可是出了大力呢。

有人说，那算啥。那回"摸哥"（小偷）偷了赵老婆儿的钱，天生硬就把那家伙找了出来，钱还了不说，还倒给赵老婆儿买了些吃的东西，给我们九龙村的人长了脸呢!

有人抢着说,你们恐怕不晓得,头次捐粮修变压房,天生撮了冒冒的两升,又加了好几捧呢。

……

越说,流泪的人越多,真正得过天生些许好处的人便哭出了声。英子的长腔就拉得更加长而有力了。瘟哪,不割麦子你就不割嘛,要吃烟你就起劲抽嘛,你要不走这条路,我们娘儿母子就是累死累活,也要让你过几天好日子哟! 要是你不走这条路,好吃好喝的嘛,都留给你哟! 麦子不要你割,秧子也不要你栽哟……

人群中又跟了一片哭声。

这可是你自己说的哟,有这么多的人给我作证啰! 人群顿时哑然。

天生从堰塘边的井里探出了头。这是一口正在挖掘的井,近十米了,还未见一点水。

天生穿着那条花内裤从井中爬出来,伸伸懒腰,说,狗日的井,怪眉怪眼的,水没一点,也那么凉快,赛过空调房呢。

人群一片哗然……

苦　夏

这是一个无名小站，火车在此停留三分钟。

久旱无雨。小站像个蒸笼，直冒热气。

老太太七十多岁，一大早从十几里外的山沟里赶到这里，等待着这里开过时要停留三分钟的每一列火车。

老太太用手搭起遮阳棚，双手紧握那根与自己为伴的拐杖。虽无风，那单薄的身影总令人想起风中的杨柳，担心那拐杖一不小心便会折断。

铁轨终于有了声响，由弱及强。一声长鸣后，火车便蠕动在老太太面前，然后一丝不动了。老太太焦急地寻找着自己的"目标"。她蹒跚着，挪着步。

那是一个二十来岁的年青人，手握着一啤酒瓶，咕，咕，咕，瓶中的液体下去一大截。

老太太死盯着年青人手中的瓶子，一张老脸挤出许多道笑纹，说，小伙子，把那空瓶子给我吧。

年青人没吱声，用眼瞟了一下老太太，眼中白多黑少。

老太太耐心地等着，她知道，天热，年青人准是太渴了，顾不上应声。

老太太想，加上这个瓶子，就够数了。老太太的小孙子在二十里外的小镇上读初中，学校号召勤工俭学，要求每个学生交十个啤酒瓶。小山村无酒馆饭店，找不到瓶子，学校又不要现钱，只要瓶子。儿子从小镇买了五瓶啤酒，谁知那东西中看不中喝。喝惯了老白干的儿子喝不惯，全家人也受不了那潲水一样的味道，就将那水喂了猪，那瓶子交了学校。

为了让小孙子安心读书，不挂牵那欠下的五个瓶子，不再花冤枉钱，老太太想出了一个绝好的办法，一大早就赶了十里路来到小站。到现在已向车上的人要了四个空酒瓶，这下，就差一个了。

年青人仿佛明白了老太太的意思，咕咕咕咕，一阵猛喝，那瓶子就见底了。

老太太说，好心人，喝完了酒，把空瓶子给我吧！

年青人依然不吱声，依然用眼瞟了一下老太太，眼中依然白多黑少。

年青人手中的酒瓶见底了，将酒瓶向老太太扬了扬，终于发话了。你？要这个瓶子？

老太太连声应着，使劲点了点头。

那好吧！年青人将手中的酒瓶向老太太面前送了送。

老太太颤微微伸出双手，拐杖訇然倒地。就在那双干瘦的手刚好够着瓶子时，那酒瓶忽地缩了回去。

砰！一声脆响。

老太太的希望像遇刺的气球。那酒瓶已旋转着在两米外的石头上炸开了花。

哈……一阵浪笑。呜……一声长鸣。

那双干瘦的手定格在空中，像一幅摄影作品。

抓　赌

罗大发使劲咽下最后一口干边子馍馍，披上衣服出了门。嘿，这回的头功，我可立定了！位居场镇的市场村近日赌风严重，村民怨声载道，状都告到县上去了——今天上午，抓赌动员大会就在他们二组的会议室召开。作为二组组长，罗大发当然是表了硬态的。县上的李科长、小王、镇上的周副镇长、宋主任、治安员老冯以及村支书、村长都参加了会议，并成立了抓赌行动小组。

七娃子的火锅店离场中心较远，是村里有名的"地下赌场"，罗大发决定抢在抓赌行动小组前头，一来可以显显自己的实力，二来论功行赏，看能不能借此机会将二女儿进印刷厂的事落实下来……

他越想越来劲，那张老脸笑成了块刚耙过的麦茬田。

当罗大发带着侄子孬牛摸到七娃子的火锅店外时，里面果然有"爆米花"的声音，他让孬牛守住窗口，自己上前敲门。

"谁呀？"里面传出极不舒服的声音。

"查号的！"罗大发捏了鼻子装腔作势。

屋里的灯一下子灭了："查号？搞阵还查啥哟，我们又没开旅社！"是七娃子底气不足的声音。

罗大发自知露了马脚，忙摸起门边的一根木棒甩给孬牛，朝窗户努了努嘴，示意有人跳下就狠命一击！

又是一阵狠命的打门声，"查赌！查赌！"

果然不出所料，窗户忽地开了，有人便接二连三地朝窗外跳，罗大发靠在门上依稀看见孬牛那一棒棒成果——第一个，击在肩上；第二个，敲在腿上；第三个，打在腰上；第四个，落在手上，还有几个额头上开

了花……

　　罗大发拦住上前追赶的孬牛："算了，明天直接捡'死鱼'，打得重吗？"

　　"咋不重，手都麻了。"孬牛咬咬牙，甩甩手，"明天领了奖可别忘了打馆子哟。"

　　"那是，那是！"罗大发欢喜得要命！

　　明天，只要与抓赌行动小组一起"对伤查人"，再将自己抓赌的经过在会上添油加醋，功也就立大了！

　　第二天，他早早地来到会场，当他第一只脚迈进屋里，第二只脚却再也挪不动了——村长的肩上上了夹板，村支书正把腿平放在椅子上，咬着牙哼哼，周副镇长额头上正在"放电影"，冯治安的手上了绷带，宋主任的手在腰上轻轻地捶打……

就为那片绿

好不容易在建筑公司为表哥明找了份差事，却被父亲用电话拒绝了。

父亲在电话那头对我说，是你舅不同意。他让你明哥在家守堤。

守堤？守啥堤？我问。

还不是镇场上那柳溪河堤。

父亲说，若有空，你回来看看，劝劝他，你的话，你舅或许能听。

我只得决定在某个周末回趟百里之外的故乡。

回去那天，舅不在。听父亲说，舅同明哥到外地购树苗去了。

舅是名很有威望的教师，执教三十八年，桃李无数，去年退下来了。

听父亲说，舅前段时间懵懵懂懂，没事时一人老爱在河堤上瞎转悠。明哥本来依旧到广东去打工，舅不准，说广东太远，不安全。明哥说或许舅真的老了，怕儿远走他乡，就托我在县城找点事干。这倒好，事找着了，舅却不同意。

父亲说，你舅这脑子怕真出了毛病。国家的退休金拿着，不缺用不缺花的，居然想出这么个馊主意，要承包柳溪河堤。

承包河堤，干啥？我问，莫不是要种植果树，成几十里经济林带，退休后二次创业？

创啥业？有他这种创业的么？父亲说，你明哥想，走种植业这条路倒也对，既稳定又长远。哪晓得你舅像是脑壳上有包，居然承包长堤来种垂柳和麻柳。

啥？垂柳和麻柳？我异常惊诧，莫不是舅真的脑子出了毛病。

父亲说，一年一千元的承包款，种那分钱不值的杂树，哎……

明哥难道就答应了？我问。不答应哪成？不答应你舅就寻死觅活！

你舅说，每月几百块的退休金，还抽不出一百元的上缴款？父亲说，行善积德也没有用这种法子的嘛，简直不可思议！

我便暗地里下决心，一定要为舅找一位好一点的医生，治治他的病才行。

医生终于找到了，是小城的名医，专治老年人综合症。

我便打电话同父亲商量。父亲说，怕一时不行，你舅天天同你明哥忙着栽树、浇水、扎篱笆呢，怕是不会领这个情。

我便决定亲自带医生回老家去为舅治病。

就在决定回乡的那天早上，我在翻阅《县志》时意外地看到如下记载：1966 年 6 月 13 日，历年罕见的大洪水流经我县，县内龙泉、川河两公社因滥砍乱伐严重，柳溪河段堤坝年久失修，损失惨重，死 12 人，经济损失 80 余万元……

简直不敢相信，我那当了一辈子教师的老舅，居然会干出这样的事来！

我以最快的速度，乘上了回乡的客车，与我同行的，当然不是那位名医，而是在林业和水利部门工作的两位朋友，他们都是在行业里有名的"专家"！

回 家

　　毛乡长搞完庭院经济发展规划，笔一搁，与办公室秦主任打过招呼，便匆匆往家里赶。

　　老爹一坡赶一坡地带信来，说病得快不行了。

　　毛乡长一拖再拖，总也撂不下手头的事，芝麻胡子一大把。

　　这些天全县上下一片热腾，利用农闲砍杂去乱栽果树大战正酣。路上随处可见倒伏的杂木新辟的坡。

　　毛乡长一阵惊喜，总算忙得有了些看头，又为乡亲们办了一件有益后代的大实事。

　　毛乡长刚从屋角一转身，便瞥见老爹一张天要下雨的脸。身旁那一大厢竹子和几大圈篾条使干瘦的老爹显得更小了。

　　爹。毛张乡长满脸春光，你的病好些了么？

　　就差一口气了！老爹也不抬头，一撂手中的篾刀，哟，乡长大忙人视察工作，体贴民情来了？

　　爹，你这是……我不是抽空回来看望您吗？

　　看啥？一张老脸，认不得？走，看看你的成绩去！

　　老爹倒背了双手，一晃一悠地走。毛乡长莫名其妙，在后面挪着步。

　　眼前是家里的责任田，田边几米外的坎下是一片竹林。竹林里全是竹桩，几根碗口粗的柏树横在地上。

　　我问你。老爹扭着脖子，晓得这片竹林不？

　　咋不晓得？毛乡长有些激动地点点头。

　　自己从小学到初中，从初中到高中，一分一角的学费都是从这竹林

27

里来的。老爹用竹子编簸器卖，供一家人零用呢！

我问你。老爹胡子在抖，晓得这些树不？

这些柏树是十几年前老爹与自己兄弟几个一起栽下的，老爹特精心地看护他们，常把柏树比作人，叫他们兄弟几个挺直腰生长。

爹，为了上规模，成规范，杂乱都得去除。

杂乱？老爹一拍大腿，这叫杂乱？那么，这好端端的田里硬是要挖坑栽树变成地，叫啥？这田还要种不？

爹，栽上果树，就是栽了摇钱树呢！

摇钱树？前些年该栽得多吧！后来呢，摇了钱没有？栽了砍砍了栽，究竟要折腾到啥时候？

我问你！老爹从衣兜里拿出一张"收成早知道"，说，这是你乡长大人的功劳吧！"增收两百元，增粮两百斤！"说得轻巧，一根灯草！口号年年提，粮钱年年增！土地像灯盏，眨巴眨巴只见减少没见增多！这庄稼能像高楼那样重起长？

爹，这是上面提的增收计划和奋斗口号嘛！

计划？计划来计划去都是空话？年年增收两百斤，隔个十年二十年的，这一块田就会亩产几千斤？上面某些人半天云里练武术——尽出空招，你这土生土长的一乡之长就不能说句厚道话么？

你看看。老爹指了指竹林，你那宝贝摇钱树往哪栽？这是一片石骨山，竹根从石缝里顽强地探出头来。长几根竹子还能卖几个钱，这一阵乱刀，草都难长了。

老爹眼里有泪花闪动，这办啥事，也要讲个……这个叫……因地制宜不？该砍该留咋规划，咋就不事先长个脑壳？

爹……

莫喊爹！这些事办不成，你就是我爹！

老爹使劲一捏鼻子，一把鼻涕甩在了一个树桩上，颤悠悠倒背着手走了。

毛乡长心头乱麻一团，顺势坐在田坎上，燃起了一支烟。

良久，毛乡长摁灭了第八个烟头，与老爹打过招呼，便踏上了回乡政府的路。

他想，这工作，是该稳脚稳手地搞，那计划，也该改一些点点，添一些内容了。

转过那道胳膊肘般的大弯，毛乡长见老爹还在院坝边朝这边看。他的脚步便更加稳健有力了。

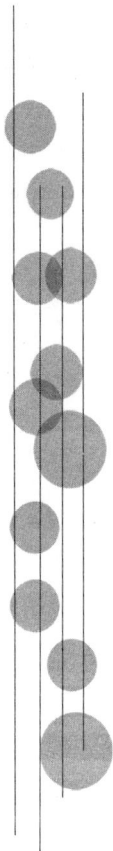

景 区

米小米走在小道上。

米小米觉得很无聊。

正午的阳光将米小米的身影浓缩到地上，成了一个不大不小的圆圈。

米小米口干舌燥，口干舌燥的米小米突然感到，一杯水，一口水，哪怕是一滴水，此时是多么地重要啊！

他环顾四周，很想找到一处水源，可这光秃秃的山上，哪里去找水呢？

米小米忽然想起自己小学时学过的一篇课文《一只乌鸦口渴了》，他无奈地笑笑，此时，自己多像一只口渴的乌鸦。

乌鸦都能找到水，而自己呢？自己连一只乌鸦都不如啊！觉得自己乌鸦都不如的米小米抬起头来，他真的想找到一只乌鸦，可米小米的希望仅幸存了几秒，迅即被失望彻底打碎了。

这光秃秃的山上，不要说乌鸦，就连在当地最贱的麻雀，也多年未见踪影了。

大片的树林被一砍而光，鸟兽们能去哪儿安家呢？米小米摸摸自己裤兜里的那几张纸币，莫名奇妙地叹息了一声。

这是米小米卖掉自己家屋前那棵大柏树的钱。米家山穷，有地无田，人们常年只能在小块的地里种点土豆红薯维持生活。

前些年，一条公路修到了米家山，听说，是有人看上了那些百年老树。

能将傻呆在山上上百年的老树变成钱，是米家山人没有想到的！大家抢起锯子斧头，满怀激情地奔大山而去。

因了这些树木，米家山人的生活好像加了蜜糖。人们尝到了甜头，是老祖宗留下来的东西，改变了他们的生活啊！人们便更加激情满怀地奔大山而去了。

起初，人们只砍百年以上的大树，渐渐的，几年生的小树，也倒在了米家山人的刀下了。

米家山慢慢变成了一片秃山……

鸟兽散了，干旱来了，山洪发了，庄稼没了。

米家山人便陷入了更加困苦的生活。

米小米突发奇想，要是有满坡的绿树，成群的鸟兽，该有多好啊！突发奇想的米小米感觉有点困，慢慢倒在了光秃秃的山坡上……

米小米回到了自己的童年，见到了老虎，猴子，野鸡……这些野物围着米小米，唱啊，跳啊，米小米忽然变成了一只狐狸，在老虎的旁边上窜下跳，大家此时也不顾老虎的威严，指着米小米的鼻头大骂。

起初，米小米只看得见无数张嘴张啊张的，像看一场无声电影。

后来，声音越来越大，令米小米浑身颤栗，野兽们用不同的声音喊出的却是同一句话：还我们家！还我们家！无数种声音汇聚在一起，就像一列长长的火车，轰鸣着冲向米小米的耳道……

惊醒后的米小米看看四周，太阳早已偏西了。

邻居吴二法牵着那头老黄牛走过来了。吴二法朝他张了张嘴，过去了。

儿子米小麦放学后走过来，张着嘴说个不停，可米小米啥也听不见。

米小米聋了。

聋了的米小米只好去看医生。

医生的话米小米也听不见。读过几句书的米小米便与医生在纸上一问一答起来。

米小米将自己在山坡上梦到的一切写在了纸上。

第二天，米小米梦中的一切很快在米家山传开了。那就是，米小米在山上看见了老虎，猴子，还有好多野兽。

不久，镇上来了人，找到米小米，拿着米小米写给医生的那张纸，问他是不是真的，米小米认真地点了点头。镇上的人带着满脸惊诧，匆

忙离去了。

没几天，县里的人同样拿了那张纸，问了他同样的问题。

米小米想，这些人简直是莫名其妙！自己一个梦，管他们屁事，还这么大惊小怪的！

米小米下定决心，以后谁再问他什么，他只是点点头应付了事。

不久，寂静的米家山闹热起来了。市里省里的人又拿着米小米写给医生的那张纸问他，他依旧认真地点点头，一副不耐烦地表情。

没多久，两只黑色的大鸟飞向了米家山，在光秃秃的山上拉着长长的屎尿来来回回飞了大半天。县里的大卡车来了，拉了几十车树苗，拉了几十车人，将这些树栽在了山上……

这都是几十年前的事了。米小米而今已成了"米老米"了，聋了几十年的耳朵也奇迹般恢复了听力，他整天坐在米家山自然保护区大门口，尽门卫的职责。

米家山成为省级自然保护区以来，就热闹起来了，每天都有上百人来这里观光游玩。

只有年近八旬的"米老米"知道，是自己当年的一句谎言，让米家山变成了现在的模样！

心满意足的米小米再怎么做梦也没有想到，在 2007 年初春的一个夜晚，在他米家山自然保护区门卫室的火炉旁，一个作家，仅用了一小壶白酒，半斤花生，几个红薯，无数甜蜜真情的语言，就盗走了他埋藏在心底几十年的秘密！

张三的婚事

屋子里的空气十分紧张。张山的脸已涨得绯红，一双眼睛牛卵般鼓着。他吼道，你为啥不同意？为啥？

张山问的，是他老爹，一个前些年在九龙村声名显赫的人。当了二十几年村长，张山的老爹自有他辉煌的历史。

小儿子的异常反应，的确让他在心中暗自垂泪，不当干部了，连小儿子都像村人一样不拿正眼看他。

张山的双眼依然牛卵般鼓着，在短时的相持以后，他软在了沙发上，从心底涌起阵阵的不快，回想起这些天所发生的事，张山始终理不出个头绪来。

张山今年二十二岁，已到了娶妻生子的年龄，先后托媒人介绍了四个本村的女子，个个都挺不错的，可一到征求他老爹看法时，他老爹就是不同意！三组的王秀，今年二十岁，高中毕业，人模样儿俊秀，身段儿柳条，见人一脸笑，是一个人见人喜欢的女孩。

五组的刘玉，与张山同龄，彼此也都有好感，三年的中学同学，相互都比较了解，且有过多次书信往来，两人都感觉非常谈得来，只是没捅破那层纸。一组的周菊花，名字是土了些，人却看不出一点乡土痕迹，好像一落地就生长在城市的高楼里，皮肤如雪，面色似玉，比张山小两岁，在众多的男子中，她独对张山有好感，按周菊花的话说，张山人英俊，有思想，写得一手好字，虽与大学无缘，迟早会有成为人中龙的时候。再说了，与张山这样的人生活在一起，心里面踏实，有安全感。八组的侯玉雪，一眼就能看得透彻，虽说肤色不如周菊花，但对人温顺，脾气好，凡事都考虑得周到而细致，极像张山的妈。张山的妈是远近闻

名的大好人，在张山爹面前硬是能做到逆来顺受。张山一段时间很恨自己老爹的不是，但有时又在心里暗暗佩服他，心想以后自己要能摊上像老妈这样好脾气的老婆，也就知足了。

可眼下，好女子一个接一个，张山的老爹却固执地一一反对！此时的张山已少了先前的过分愤怒，他长叹了一声，同时尽力表现出自己的耐心，对老爹说，你总要说出你的理由吧？理由就一个，不行！就是不行！张山老爹说，她们四个，一个也不准！有本事，你就到外村、外乡去找！

说完，张山老爹朝门外走去。张山一下子站起来，挡住了老爹的去路。张山说，今天不说出理由，你就别想出这个门！张山的老爹一下子呆了。他没有想到，一向温顺的儿子，此时竟如此暴躁！他看着张山，足足三分钟！张山老爹痛苦地摇了摇头，然后回了一句，声音虽小，对张山却不亚于一阵闷雷——这四个，都是你的亲妹妹！暴怒的张山一下子被钉在了门口。

良久，一直闷坐在屋角沙发上的张山妈慢慢走过来，将张山扶坐在沙发上，大声对张山说，儿子，这事妈今天替你做主了，你最中意哪一个？给妈说声，妈明天就托媒人说去！

你他妈疯了?！张山老爹怒吼一声。

我没疯。张山妈平静地说，就算她们四个都是你的女儿，张山也不可能同她们是亲姐妹！屋子里的空气再一次紧张起来……

遭 遇

两个家伙站在我床前的时候，我还沉浸在梦乡之中。

高的一个对我说，喂，看你肥头大耳头发后翻，放点血吧，兄弟们这几天手头正紧。

我急出一身冷汗。

当看清两个家伙都不如我高大健壮，更何况这是在我的家中时，我略作镇静，用有神的双眼盯着他们足足三十秒钟，不作言语。

矮的一个对我说，你虽然肥头大耳头发后翻，但我认识你，这几年你没少在电视报纸上露脸扬名，我今天来，是要借几本书看。

借书？我莫名惊诧，小偷也偷书？

他或许看出了我的惊讶，说，没啥奇怪的。我们小偷职业虽然低微，但我们也一样需要学习，需要够质量的精神生活。现在找一本真正的好书太难了，他感慨万分，全城十几家卖书的，不是言情就是武打，要找点阳春白雪的东西太不容易了！新开的几家像样的，听说也没卖出去十本，只好自己关门大吉了。

我问，为啥不到新华书店去买？

他说，新华书店？千万莫提新华书店！光是些"金玉其外"的不说，盗版的就害人不浅！动不动就是一套儿几十本，卖价近千元，买书的尽是些不看书的，油饼子擦屁股——糟踏饮食了！这不说，卖书的几个女人，脸盘子收拾得顺眉顺眼的，说起话来不可一世的样子，翻个书价都要将书拿在手中找半天，气死人了。

我暗自同情这家伙，指了指我隔壁的书房说，好吧，你自己去选吧！

他倒好了，我咋办？高的那个气冲冲地问问。手中那刀闪着寒光。

我说，你要啥？

要啥？钱呗！他将两根指头搓了搓，我可没他那么浪漫至极。

我说，啥都行，钱可没有。不信，我给你算算。我这两月工资也就一千来元，再扣除修路、支援灾区、修桥的集资款三百八十多元，剩下的，全用于家中的日常开支，早被老婆拿去买了油盐酱醋了……

别说了！他对我低吼一声。听说你昨天刚领了三百多元的稿费，总该分点吧。

我惊诧于小偷的信息之快之准，苦笑着说，是领了稿费，不过，全用光了。

屁！他说，三百多元，几个小时就用光了？你们文人，玩儿的也太高档了。我又只好给他算账。我说，通知单一列，单位兄弟要求下馆子，用去一百多元，顶头上司们说，下馆子他们就顾不得去了（他们天天都有重要应酬），晚上到我家来搓几圈麻将。我惨兮兮地说，你说说看，哪怕我就是麻坛高手，就是长十个脑袋，也不敢赢顶头上司的钱！几百元稿费随着笑脸贴出去不说，还在老婆处借了两百多元，才算使他们高兴而来，满意而去。

我见那家伙露出同情之色，忙抓住时机说，人难活啊，要不是在老婆处借了两百多，我恐怕当时还得上银行（贷款）呢！

那家伙双眼一亮，说，现的不谈了，你总该拿出存单或者有价证券吧！一听他这话，我差点要连扇自己二十个耳光。

我几乎是痛心疾首地说，别提这些！钱是存了一些，可儿子刚上学，一进校门七钱八款就交了四百多元。这不，我忙从口袋里掏出发票说，今天又交了五十几块，说是支援灾区、参加兴趣小组、看科教电影啥的乌七八糟一大路，还说啥主要是学习辅导书贵一点，你说说看（我几乎把他作为唯一可以诉苦的对象），才读幼儿园，会有啥辅导书？年年交书学费，书没见一本，家里面买的画册啥的倒全搬到学校去了……

我一边诉苦，一边观察那家伙的脸色，我看他已将牙齿咬得咯咯响，那刀只差一点就要刺入我肥硕的胸膛了。

在这关键时刻，矮的已选好了他所需要的书，我定睛一看，天！全是我平常连好朋友都借不去的名作家朋友的签名书呀。

矮的说，怎么样了，哥儿们，天快亮了，学生已经在跑操了。

那高个子破口大骂，妈的，还以为这年头作家发了财，却碰到个穷鬼！他环顾了一下屋子，将书桌上剩下的柒元伍角钱（那是下午我给儿子买小馒头剩下的零钱）装入裤袋，说，回去时只好坐他妈个破三轮了，碰上你这穷鬼，"的"都不能打了！

走的时候，他将我桌上的"犀牛望月"（那是我外出参加创作笔会时发的纪念品，跟真的差不多）和那块手表也据为己有。

送走了两个家伙，我已经不再是原来的我了。我浑身上下哆嗦起来，身上时而热汗时而冷汗，我颤微微点燃一只烟吸起来，心情才慢慢平静下来。

大约过了十分钟，我被一声大叫吓得再一次恢复到原来的状态——两名警察站在了我的面前。

高的一个问，你就是骆驼吧？我说，是！是我（我差点激动得哭起来，差点唱起来——人民警察人民爱，人民警察爱人民，哪里出了坏分子，哪里就有保护神！）。

矮的一个说，小偷呢？

小偷？我异常惊诧，心疑是神探亨特来到了我的面前！走了，我说。

走了？

一高一矮异口同声。偷了你什么东西？毁坏了你什么家产？别装蒜了！五十分钟以前你老婆报了案，害得我们觉都没睡好！今晚值班室就收到你们一个电活，没想到还是个假案！

假案？小偷的确是来过呀。只是没想到我老婆这么聪明，偷偷在隔壁房间打电话报了案！

骆驼！一高一矮两位警察再次大吼一声！别再装了！你们两口子一个是写戏的，一个是演戏的，配合得天衣无缝嘛！

高的说，小偷咋进屋的？撬门？扭锁？翻窗入室？一点痕迹都没有！

矮的说，别装了！像你这种吃饱喝足了就报假案的角色，我们见得多了！刚进来时我们就已查看了现场，你能逃得过我们这些职业的眼睛？一高一矮两警察指着我客厅桌上乱糟糟的麻将，又从地上头头们丢下的满地烟头里捡起一只看了看，说，聚众赌博！你还有说的吗？

我说，是几个朋友高兴，吃完饭在一起玩玩而已。

玩玩？高的一个高高扬起手中的烟头，说，骗鬼去吧！这"玉溪"呀"中华"的，少说也得几块钱一支吧？抽这么高档的烟，打麻将会是玩玩而已？才几个朋友？

矮的说，数一数你桌上的茶杯，桌子旁的凳子吧，十三人呢！三人为众，十三人少说也约为"四众"多吧！亏你还是作家！

这……我一时语塞。

瞧你那副村相！高的说，别啰嗦了！再狡猾的狐狸也是逃不过猎人的眼睛的！

跟我们走一趟吧！一高一矮两警察义正辞严地说。我只好磨磨蹭蹭地往身上套衣服，脑子里乱糟糟的。我说，我总该给我老婆打声招呼吧。

不用了！高的说，她报假案，早已被我们的同志带走了，到那里你再给她打招呼吧！

啊?!

我一下子瘫在了地上，楼层也像坍了一样，一直往下沉……

"啪!"

我的屁股重重地挨了一巴掌。

我老婆正站在床边，娇嗔道：天天睡懒觉，都八点了，还不起床送儿子上学！

我定了定神，脑子里昏昏沉沉，窗外已一片全白，车辆及人声早已沸沸扬扬了。

原来我是在做梦。

仔细想想，幸好是在做梦！

我又一下子瘫在了床上，任老婆咋摇，眼睛也睁不开了！

朋　友

最近我回了一趟故乡。我哥说，弟，你在外面跑得多，有件事，很久了，我一直闷在心里，想说出来，怕不好，想不说出来，觉得也不好。

我说，你说说看。

我哥便说了那事。

哥单位有两人，彼此是朋友，一个姓周，一个姓李。那天，周过生日。请了李，李呢，因其他事情，未去。

第二天，李想起此事，便去找周，按当地规矩，李是该补上生日礼金的。

在公路上见到了周，李说，兄弟，昨天的确有点事，抽不开身，在这里，我向你补上生日祝福，祝你福如东海，寿比南山！

周笑了笑，说，难得你还记得起兄弟，我这里就只得欠你一杯薄酒了。

李说，既然是兄弟，还说这些！这一百元钱，就是补的生日礼金。

周说，你这就见外了不是？事情都过去了，既然是兄弟，还说这些。

哥继续说，周和李便一送一还，双方都坚持着自己的观点。

这时，哥单位另一同事骑着摩托车路过，停下了。李恰好想去离单位较远的场镇上办事，摩托车一来，李便坐上车，对周说，你不要这钱，以后就别认我这个兄弟！

周说，我若收了你这钱，我今后就不是你兄弟。

这时，摩托车发动了，李和周要向着相反的方向去办事。

李说，再不收！我可就要甩在地上了。

周说，你甩吧！

我哥告诉我，虽然双方有了一小段距离，李还是在车启动时将钱甩向了周。

我问，后来，他们兄弟是不是和好如初了？

哥说，岂止是和好如初？比以前更好了十倍，比亲兄弟还亲呢。

我说，这就对了嘛。

哥说，对啥？正因为他们关系太好了，我才找你来看看咋办。

哥说，后来，李在哥的面前说，周收了这一百元钱，说明周这人够兄弟，不拘小节。周在哥面前说，自己不收这一百元钱，是想证明他办生日并不是图朋友兄弟的钱财，李第二天能将钱补给他，说明这人讲义气，值得信赖。

我说，这就对了嘛。

哥说，对啥？他们都蒙在鼓里呢。这钱，李没要，周也没收。在李坐摩托车走的同时，周连头也没回，咋晓得李真的将钱扔在了地上？李呢，以为周在自己走后回来将那一百元钱捡起来了。

我问，钱呢？

哥说，问题就在这里。我当时就站在离他们不远的阳台上，看见了事情的全部经过。

当时，一赶场的农民正好路过，将钱装进了自己的衣兜！

我一时茫然。

智　取

我给朋友们讲了我大哥的故事，起先，朋友们说，卵！疑点重重，你小子又写了一篇蹩脚的小说。

我也懒得争辩，干脆把故事讲给大家，请帮我评个理儿。

我大嫂在故乡的小镇上开了一家服装店，那天是星期天，逢场，大嫂店里的生意很好，顾客进进出出。

大嫂脸上高兴，大哥心里高兴。

不久就进来两个小伙子，头发油亮，显得神气十足，但他们都有与常人不一样的地方，他们将外衣搭在自己的左手上。

两小子看到眼前的情景，自觉时机已到，便朝挑选衣服的顾客身边移。顾客背后的皮包轻易被解开了，横在他们手上的衣服恰到好处地遮住了外人的视线，右手又伸进去了……

我大哥告诉我，凭他的直觉，这两小子绝对不是一般的"钳工"，从那凶神恶煞的眼神中可以看出。

大哥说他略一思量，在心里骂一句狗日的后，便一阵哈哈，显出极为亲热的样子，大声说，哟嗬嗬，兄弟，好久不见，到了这方来，事先也不给我打个招呼？

那两家伙自是一惊，便缩回了手。大哥又说，两位兄弟，记不得了么？你看，你看！也不怪你们，发了财嘛，好久不见了嘛！走走走，咱兄弟三个喝几杯去！

说完，大哥便伸出双手，左手一个，右手一个，一拐一拐地将那两个家伙拉进了街对面的酒馆里。

两小子迷迷糊糊，怯生生问大哥，兄弟，你操的哪道？

大哥说，要问我么？便将手伸进怀里，摸索一阵，才掏出烟来。一人一枝，点上，说，让兄弟们见笑了。我只不过在成都混了几年。九眼桥，水碾河，较场坝，北站，都是我们的老据点。暗的干腻了，就来明的。大哥一挽袖子，说，这疤，知道吗？小事一桩，搞了五万，现的，挨了一刀。大哥又一挽裤脚，腿上一条蜈蚣印，妈的，吃了一枪子，还好，搞了十来万，如今落下了这祸根，路都走不利索。

两小子看着大哥，说，兄弟们今天，值！兄弟你既然这样，我们也就露露底吧！

两小子操一口陕北腔，说，不瞒兄弟，我叫杨六，人称"六拐手"，排行老六。那人晃晃他的右手，果然多出半截指头来。又指指另一个，说，他叫"一撮毛"。排行老九，大哥看时，那人脸上真的多出一撮毛来，像狗的胡须，稀稀拉拉几根，我们跟兄弟你一样，本来都干的是明的，狗日的哪晓得前阵子时运太背，碰了"雷"，十二个兄弟，进去了十个，就剩下我们哥儿俩了。惨哪！那小子悲容满面。幸好几个兄弟都是很铁的，挺住了。我们俩没路可走，干明的又怕风头正紧，再碰了"雷"，就只好一路逃到"口子"内，干起暗的来。没想到，得罪兄弟你了。若兄弟你开恩，日后定当厚报！

大哥说，来，喝酒！既然是兄弟，还说这些！

"六拐手"和"一撮毛"相互递一下眼色，然后一抱拳，说，兄弟，既然是这样，以后我们就是一家人了！

大哥说，好！就痛快地干了一杯。

大哥又说，两兄弟都是痛快人，我的事兄弟帮不帮？

帮！肯定帮！不帮——"六拐手"和"一撮毛"刷地从腰间抽出一把刀来，把左手放在桌上，说，不帮，不帮这几根指头就给兄弟你下酒了！

大哥说，好！便用手指了指对面靠自家商店的第三家门面说，看见了么？那个老的，他不把女儿嫁给我，那个小的，经常跟兄弟我过不去。

两小子便刷地站起来，说，老子现在就去摆平他们！

大哥忙伸出手，说，不！要智取！你们这样冒冒失失出手，街上人多，交通又不便，能脱得了身？放了他们的血，死了，还好办，活转来，

不照样跟兄弟我过不去？

那兄弟你说，咋办？俩小子显然是急了。

大哥示意他们坐下，说，我的意思，让他狗日的出些血，一来兄弟们可弄点路费，二来也可帮兄弟我出口怨气。

然后，大哥又把手伸进怀里摸索一阵，抽出烟来，一人一枝，又朝两个家伙勾勾手，三颗头聚在一起，大哥如此这般交待了一阵，两个家伙点头有如鸡啄米。

我讲到这里的时候，不再讲了。朋友们急切地问，后来呢？

我便说，完了。

朋友们说，卵！快说，快说。

我便又接着讲。

后来，后来那两小子被抓了。知道么？车匪路霸，在外地作案几十起。

朋友们忙问，咋抓的？

咋抓的？我说，大哥指的那一老一少，是啥主儿？

朋友们伸长了脖子，问，啥主儿？

我顿了顿说，惹不起的主儿。

到底啥主儿嘛？有朋友急得直眨眼。

我慢吞吞地说，老的是小镇的派出所长，不该他值班，就帮老婆搞收入来了。小的呢，是北京武警，探亲在家呢！我大哥让那两小子夜深人静去偷他家的钱，说那家的钱晚上就放在那柜子里的，从来不存银行。那两小子果然去了。进去还没有动作几下，七八个公安已拿着家伙在等着他们呢！

哦——朋友们长吁一声。

我说，你们想想，我大哥几次把手伸进怀里去摸索，就是，就只是摸烟么？

朋友问，那还摸个卵？

是在录音呢！我说。大哥录了音，几个家伙的罪行就人证物证都齐了。

有朋友满脸阶级兄弟情同手足的模样，支支吾吾，显得很关切地问，

你大哥，他，他，也进去了？

我喝了一大口酒，说，你大哥才进去了呢！然后我就讲了讲我大哥。

我大哥当武警，四年，在成都，协助公安搞行动，冲锋在前，享受在后！记得他手上和腿上的疤不？那都是执行任务冲在前，让歹徒给弄的。立了几次功，回来后安在乡民政所，是小镇人公认的"编外公安"呢！

春到梨花开

父亲自从那次来给我送梨后，便不再来小城。

我理解父亲。"送梨事件"让他心里蒙尘太厚。我多次以善意的谎言，来温暖他受创的心，都不见效。我想，父亲不会再喜欢这座小城了。

就像你预料中的那样，父亲在一个冬天的早晨，敲响了我家的门。

父亲说，你出个面吧，去给你二姑说说，现在她连我的面子都不给了，只想听你一句话。

父亲显然是生气了。父亲的意思，他要包下二姑的那片梨园。二姑前些年嫁到新津县城对面的那座山上，家里种植了几十亩梨。二姑全家都像父亲经营自己那片梨园一样经营他们的梨园。

二姑显然不会轻易答应父亲。

父亲说，算我白疼她了。

我打电话向二姑求情，二姑的回答让我目瞪口呆——父亲的做法更是令人费解！

父亲说，你不答应，我就到庙里去住！父亲知道，我是个好面子的人。我只好答应，帮他办，而且一定办好！父亲才满意地笑了。

父亲一下子精神起来。他把在外务工的表哥表嫂叫了回来，把老家的几个壮劳力叫了回来，便开始侍弄那片梨园。父亲以每天高出他们几个在外务工的工资十元的价格，给他们付钱，大家自然十分开心，也十分卖力。

父亲侍弄梨园的手艺，我不会担心。但父亲接下来又要将二姑的楼房租下来，二姑和我都不答应。父亲便又使出他的杀手锏。我和二姑无语。我知道，二姑一般不会太让父亲为难，她从小就由父亲带着，小学，中学，出嫁，基本都由父亲操心，几个姊妹中，父亲也最疼爱二姑。父亲说，你要为难，我到城里给你们租一套房子住。房租，我出！

二姑妥协了，她留足了自己住的房间，其余的，就留给了父亲折腾。折腾，是二姑说的。二姑的原话是，让哥折腾去吧，都六十几岁的人了，就当我的梨园几年没有收成。

父亲满脸堆笑。他当即给我们约法四章：明年春天前，不许踏入他的梨园半步；今年春节的团圆取消；不管是谁，不许打听和走漏梨园里的半点消息；二姑和我，每人借给他三万元钱，利息照银行利息按季结算！

那几月，我不知是如何度过的。我几次打听父亲的消息，二姑都摇头叹息。二姑说，哥这次，怕是中邪了……

就在我度日如年的时候，在二月的一个清晨，父亲敲响了我的门。父亲站在门口扬扬手中那张纸说，去吧，在你们的报纸上给我登几次，这个钱，你掏了吧。而且，父亲说，水平再高，你也不许改动我的一个字！说完，父亲转身就走了。

父亲要我登的，是几句话：开春了，想到田坝头走走，就来城对面的山上，这里有好多花；走累了，就去我家里歇脚，家里有很好的茶；要饿了，可以在我家吃饭，家里有喷香的肉菜。落款是父亲的姓名，地址是二姑家，还有一个电话号码……

没办法，我去广告部交了钱，在我们的报纸上如实照登了几次父亲的那几句话。

……

接下来的事，我打算换一种方法讲述。

我要讲的，是父亲包下二姑的梨园七年后的事：

二姑家的楼房旁边，现在又多了三幢楼房。

二姑家所在的那座山，现在叫梨花山（以前叫张家山）。

二姑家所在的那座山，现在是新津县规模最大，最热闹的农家乐山庄积聚群。

二姑家所在的那个农家乐，被命名为新津县“第一个农家乐”。

……

我多次问及父亲，当年怎么就能想到办农家乐，父亲总是久久地望着山对面的小城，不作言语。

还是我的二姑，那个当年说父亲怕是中邪了的二姑，解开了我心中的那个结。他说，你不要问了，问了哥也不会告诉你。我估计，哥就是那次在你那里送梨子回来后，才下了决心的，要是他早告诉我这些，我也不会拦他，他这几年，也就不会这么苦了。

二姑说，哥的意思，我懂，城里人看不起他，他就要想尽一切办法，让人家正眼看他。我估计，二姑又说，我估计，哥就是要想着方子赚城里人的钱。

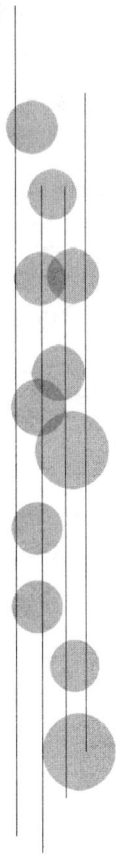

拒 绝

我回去的时候，父亲正在老家的院坝里发呆。

几根倾斜的柱子，让人不敢多看。

见我回来，父亲突然来了精神。但这样的神色仅在父亲脸上存留了几秒，便逝去了。

我理解父亲的苦处，祖辈留下的老房子，在父亲眼里，该是何等地重要啊。不是为了守它，父亲或许早就随我们进城了。

多年来，父亲都以看守祖辈留下来的老房子为由，单独在老家生活。这次，我在心里暗喜，或许就是个绝好的机会吧。

父亲说，我找你三表叔看过了，这房子还可以修好。

我心里一惊！三表叔在老家有点名气，全村大部分旧房子都是他带领人修建的，他的话，父亲会信的。

我看了看父亲，没作言语。我说，我先去转转。

逃过父亲的视线后，我转向朝三表叔的家走去。我必须尽力说服他，让他阻止父亲再修整旧房。不然，父亲余下的时光，还将在老家度过。

没想到，曾经受过我的无数恩惠的三表叔，居然拒绝了我！

三表叔说，没办法啊，侄子，你爹那脾气，没办法啊。

回去之后，父亲说，我准备今天开始修整房子了。你帮我做做下手吧。

说完，父亲便开始在院坝边调泥巴了，父亲的身板大不如以前了，他每和一下泥，都能看出力不从心。

我颓然地坐在了老家的院坝边。回想起来，我已经20多年没做过农村的体力活了，看到这些心里就发怵。

我走到房屋拐角处拿出手机，给在老家镇上当领导的同学打电话搬救兵。

同学告诉我，我们家是前几天定下的重灾户，志愿者下午就可以到。

没想到，当父亲知道我搬救兵的事后，突然大怒。他说，你不愿意修就算了，还去搬救兵，你这不是给政府添乱么?! 昨天，你那个镇长同学已经派人来过了，我没有答应。就这么大点事，还搬救兵？像青川那些重灾区的人，不是要去天上搬救兵？亏你这么多年在外面跑，遇事咋就不晓得个轻重缓急？说完，父亲又开始忙活了。

我独自无语。

我想，等下午人到了，父亲也就不会再拒绝了。

下午，同学带着几个人，还带来了方便面、被褥等救灾物资。父亲看见他们，脸刷的一下就白了，稍顷，又满脸通红。

父亲像个做错了事的孩子，头埋得很低，我明显感觉到了他的手足无措。父亲将大家让座到院坝的街沿上，回屋去取出了一包皱巴巴的香烟，给大家散了。而后爬上园子里的苹果树，采摘了一篮早熟的苹果。没想到，父亲此时的身手，会那样地敏捷！我在心里长长地舒了口气！

就是像你想到的那样，父亲拒绝了所有人，拒绝了所有救灾物质。我满面愧疚地向大家道歉，同学说，你父亲，我们理解，多年前，他就是全市的优秀共产党员，这样的大事面前，他这样的老干部高风亮节，也属正常！你可能不知道吧，就在"5.12"的第二天，你父亲就向灾区捐款1300多元，还强行要当志愿者，我们没办法啊，他吃住在现场，20多天啊。他肩上和手上的伤，就是救灾时弄的。

我感到了一阵眩晕！每次，父亲在电话里都说，他在老家干这干那，一切都好……

我默默地来到父亲身边，问，你的伤，好些了么？

父亲愣了一下，说，知道了啊？没关系的，早就好了。

我说，这么大的事，你该告诉我们啊！

父亲说，自己身上的肉，还不清楚么？几天就好了！

我回屋取了把锄头，默默地与父亲一起和泥。

父亲长时间地盯着我，抬头看时，他满面微笑，我还看见，有泪从

他的脸颊走过。

回到成都的第二天，父亲打来电话，问我还累不累。他说，我是共产党员，国家干部，国难当头，尽到了自己的责任，我问心无愧！

短时的沉默后，父亲说，你给你的同学镇长说说，不是我们这些退休老汉不给他面子，救灾物质要用到最需要的人身上，不要搞平均主义。他给我们家评了，还不是看你的面子？

我说，嗯。

父亲又说，还有，我老了，有些话还得给你先说说，这是祖宗留下的规矩，我们罗家祖祖辈辈，就没有一人吃过国家救济，再大的灾难，都是尽力自救，只要挺过去，一切都会好的！

我长时的无言。

陪父亲上凤凰山

"5.12"大地震过去一月多了，强子才突然想起此事。

强子给父亲打去电话，请父亲明日到小城来。听完电话，强子父亲当即就答应了。

强子的意思，请父亲快点来小城，看看小城的天台山，多年了，父亲一直有这个心愿。

强子想，这次地震，小城虽然没有大的损失，可是地下的事，谁能说得清楚呢？说不定这山，哪天就变成平地了。那样，会给父亲造成终身遗憾的。

第二天，强子和妻子都向单位请了假，专门陪父亲上山去玩。

妻子对强子说，我们就打的去吧，爹怕是还没有坐过城里的小轿车呢。强子十分高兴。

强子站在楼下说，快点吧，爹。

强子爹满脸堆笑地应着，说，来了！来了！我们这就出发了！

强子见爹怀抱着老家带来的黑色皮包，忙说，爹，不要带啥了，吃的用的都有，带那么大个包，怪累的。

强子爹说，累啥呢？不累，不累！强子爹又说，我们这是在坐小轿车呢，我们这是在坐小轿车呢。

强子说，天台山不远，就几公里路程。

强子爹忙说，哦，天台山不远，就几公里路程。

强子见父亲一路都抱着那个提包，便说，爹，把那包放下吧，抱在身上多累啊，这么热的天。

强子爹说，不累，不累。

强子说，拐过这道弯，再爬一段坡，天台山就到了。

强子爹忙说，哦，拐过这道弯，再爬一段坡，天台山就到了。

强子觉得爹今天怪怪的，咋老是喋喋不休的。

爬到半山腰，强子说，爹，把那包寄存在小店里吧，回来再取。

强子爹说，不行，不行！不用的。

强子无奈地摇了摇头。

终于来到山顶，强子说，爹，这就是天台山的山顶，是小城最高的地方。从这里，可以看到很远的地方！

强子爹说，哦，这就是天台山的山顶，是小城最高的地方。从这里，可以看到很远的地方！

强子忽然觉得，爹是不是受地震影响太大，脑子出毛病了？

强子说，爹，你是不是……

强子爹说，我没事，没事！你以为地震把我震傻了？

说完，强子爹转过身，慢慢放下手中的提包，慢慢打开，慢慢拿出包里的东西，紧紧地抱在胸前，表情严肃地说，大家都看看吧，多年了，大家都想来看看，这就是天台山啊，是咱们家强子俩，让咱们来的啊。

强子忙惊奇地探过身去，眼前的一切，让他万般惊讶：父亲的胸前，抱着两个镜框，一个，是爷爷奶奶生前的黑白合影，一个，是母亲生前的半身照片。

强子抬起头，看见父亲有如一尊雕塑，那张苍老的脸上，已经泪流满面……

小猫大了

当我转过老家那道墙角时，一道黄色箭一般从我的面前飘过。

我定睛一看，原来是一只黄色的小猫。

我问母亲，是那只小猫吗？转眼就这么大了。

母亲说，大猫还在的话，有它两个那么大了。说这话时，母亲的声音很低沉，目光里依然满含依恋。

母亲所说的那只大猫，是妻子从她打工的超市抱回来的。

那是三年前的事了。

妻子所在的那个超市养了一只母猫，母猫产下两只小猫后不到半月就死了。两个小家伙整天叫着，年轻的女老板哪里受得了这般骚扰，当即要将它们拿出去扔掉。

妻阻止了，急忙给母亲打了电话。

母亲急切地说，要要要！那是两条命啊，咋能扔掉呢？

于是，两个小家伙坐了上百里汽车，到了我的老家。

猫终归是有了新家，可麻烦事一件接一件。小家伙太小，根本不吃东西。

母亲急了，将我们买给她的奶粉兑上开水，用小汤匙给它们喂。

小家伙哪懂啊，依然叫唤，理都不理。

母亲将它们的小嘴掰开，强行往里灌。小家伙一下子咬住了母亲的手。母亲的眼睛里便泪花闪动。

眼见着两个小家伙走路都摇摇欲倒，母亲急得直想拿父亲出气。

父亲说，我倒是有一个办法，不知行不行得通。

母亲变声变地说，快去啊！

父亲毕竟是当过多年的乡干部的。他找来了一个医用的注射器，将奶水吸进去，又从小猫的嘴里慢慢注入……

父母同时舒心地笑了——因为小家伙总算咕咕地咽下了第一口奶水。

毕竟是两张嘴啊，几天就吃光了母亲的两包奶粉。

父亲打电话叫我们再多带一些奶粉回去。

妻子说，这家伙比人还要金贵呢。

就这样，父母亲一针管一针管地喂养他们长大。

每天，只要父母一到，两个小家伙就一下子跳到他们怀中，叫唤着、抓扯着，当针管伸过去了，它们便用前腿一下子紧紧抱住，贪婪地吸起来。父母亲轻轻地推，小猫们慢慢地咽……母亲说，多像娃儿们小时候啊。

小猫们慢慢地长大。

父母从田间捉回青蛙，从坡上抓来小鸟，放到院坝里，训练他们的胆量，改善它们的生活，小猫一天一天长大，对父母亲的情感，也越来越深了。

白天，父母亲到田间劳作，猫们便跟去地坡上玩耍。

晚上，父母亲看电视，两个小家伙便争着钻到父母亲怀中。母亲说，多像娃儿们小时候啊。

后来，两个小猫都大了。

岳母见猫儿可爱，说啥也要抱一只回去！母亲没有着声。

良久，才说，那你就捉那只公猫吧，要不是你，其他人给一千块钱，我也不会答应！

母亲更加细心地养着那只黄色的母猫。好不容易到了母猫生小猫的日子了，母亲高兴得就像自己当年得孙子一样。

母猫产下了两只黄色的小猫，母亲的脸上又有了满堂儿孙般的喜悦。

妻子一个电话，让母亲几夜没能合眼，只顾伤心地落泪。

妻子所在的超市鼠患不断，老板损失惨重。

女老板的意思，叫妻子将抱走的猫抱回去，给多少钱都行。我坚决不同意！

我说，这样，无异于让母亲卖儿卖女！不行，坚决不行！

妻子为难了，她说，可是，她毕竟是我的老板啊。

还是母亲咬咬牙应下了。

女老板的钱她一分也不要。母亲说，又不是外人，哪能收钱呢。更何况，我们还有小猫嘛，几天就养大了。

女老板当时十分感激，对母亲说，我们一定好好地待你的儿媳妇。

不久，妻离开了那个超市，原因不在妻这边。

母亲知道后非常生气。说，都是些啥子人啊，一点交情都不讲！早知道这样，给一万块钱，老子也不把猫儿卖给她！

我一惊，母亲可是从来都不骂人的啊。

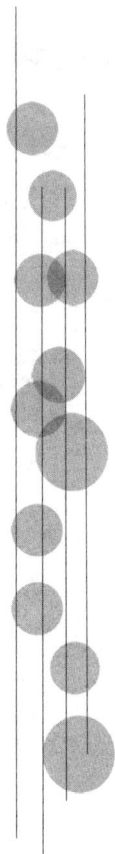

电　脑

　　虎子明天又要到乡下去蹲点，一去十来天。

　　虎子看着自己的老婆，目光色眯眯的。

　　虎子说，我真舍不得你。

　　老婆说，是舍不得你那宝贝电脑吧？

　　虎子说，哪是呢！电脑是死的，你才是我活生生的心头肉呢！便一把搂住老婆依然还柔柔的细腰……

　　第二天走时，虎子说，你可千万别动我的电脑。虎子又指指记事本上的一页。说，这页纸，可别让儿子弄丢了，这是我新输入的信息的程序，弄丢了，可就完了。

　　老婆刮一下虎子挺挺的鼻梁，说，放心去吧，说得神秘兮兮的，没人想动你那铁疙瘩。

　　虎子便满脸轻松地上了路。

　　虎子想，这些新信息，迟早是要给老婆知道的，只是老婆那人假正经，怕一下子适应不了那么超前的画面。等蹲点回来，自己熟悉了操作程序，再轻车熟路地打开微机，让老婆一睹新信息的风采。

　　虎子所说的新信息，是不能为外人知道的黄色图画，前几天刚从一铁哥们处拷回来，是几千个赤裸裸的男女做爱镜头。

　　虎子知道，自己不在家，是不能让老婆了解如何操作那台电脑的，不怕一万只怕万一嘛。

　　没几天，虎子便提前完成了蹲点任务。

　　虎子想，回去后，如何向老婆提起那些新画面呢？老婆看了新画面会有一种什么表情呢？要是也能……就太好不过了。

虎子轻悄悄地走上自家楼梯，他想给老婆一个意外的惊喜，轻悄悄地打开自家房门。屋里，没有老婆的影子。

虎子想，趁老婆还没回家，不如先去玩玩自己那宝贝电脑吧。

虎子兴冲冲地打开房门，还没来得及迈一步，早被屋里的情景惊呆了：自己那宝贝电脑屏幕上正显示出那动人心魄的画面，里面的男女早已驶入了幸福的港湾，床上，老婆正与一男子赤裸着，表演着与屏幕上同样的剧幕。

下细看时，那男子不是别人，是小区有名的电脑专家，自己哥们儿那里的黄色图片，正是出自于他那里……

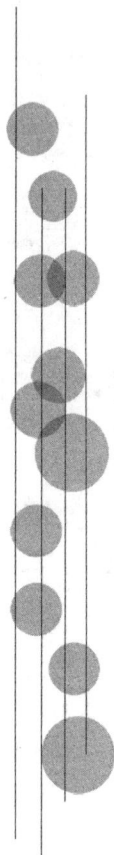

高傲在高楼上

钱书记住在高楼的最高处。

高楼是这机关大院最高的楼。人们时常看见，钱书记在楼上，双手叉腰，向下看，俯视的那种，肥硕的身影配上俯视的眼神，"太高傲了"，人们得出这个结论。

其实，钱书记以前是很少在阳台上来晃的。机关上下找他办事，都得爬上高楼去，高楼上有钱书记的会客室，大小事情均可在那里办。有人不高兴了，说钱书记架子大，又有人马上劝说道，这机关大院里，他不大，谁大？人们想想，也是，书记嘛，该！于是人们照样爬高楼。

有一次，来了个老头，看上去挺糟的那种，他找钱书记，秘书告诉他，得爬上高楼。老头一脸的不悦，口中骂骂咧咧。秘书本打算制止，见老头一把年纪，胖得有些目不忍睹的身材，也就由他去了。后来，钱书记将秘书狠批了一顿，说，你小子，也不睁大眼看看，敢让他爬楼？这月的财拨经费到不了位，看我咋修理你！秘书事后一打听，那人是钱书记的二舅，县财政局副局长！秘书吓了个半死。

后来，大凡有人找钱书记，秘书总是先问明"正身"，尔后站在机关院内，敛气收腹，朝高楼上极有特色地通报。从通报的声音和语气，钱书记自会决定是站在阳台上来回答，还是叫来人爬上楼去。

就这样，人们便时常看到钱书记在高楼的阳台上晃来晃去，双手叉腰，向下看，俯视的那种。

"太高傲了"，人们常这样说。

日子就这样慢慢地过去。

一天，一排黑色的大鸟驶入机关大院。秘书的声音又在院中响起。

据说，其高亢可以与某歌星媲美，其激情比什么时候都更盛。据说，当时钱书记从皮沙发上弹起来，那人比划着说，用"弹"字绝不过分，对，就是弹！那人说，钱书记当时正给我批一张条子，手中的钢笔飞出老远。钱书记从沙发上弹起来，冲向阳台。那人说，因为钢笔是他自己的，从钱书记的手中飞出去后，在桌面上旋了几圈，掉到了地上。他俯下身去拾起钢笔，钱书记早已没了踪影。

据院内眼睛好使的人说，钱书记肥硕的上半身从阳台上探出来，像凉亭上翘出的一角，长长的，很有雕塑的味道，剪影的效果奇特而富有诗意，若有相机，出来后定是一幅上好的摄影作品！

事情的经过其实非常简单。钱书记的上半身在伸出阳台时仅停留了三秒钟左右，整个人便到了地上。

有人说，钱书记当时轻得像一片羽毛，是飘下来的。有人则反对，说其实钱书记当时重得像装满了沙的蛇皮袋，落地时的那声闷响，就是极有力的证据！

再后来，有人专门爬上高楼，站在阳台上向下看，下面的人说，太高傲了！真像钱书记！

从楼上下来的那人气急败坏，骂道，狗日的，你上去试试！楼那么高。又没防护栏！不吓死你才怪！

爬上高楼的是个瘦子。人们猛然悟起，胖胖的钱书记本身就有高血压……

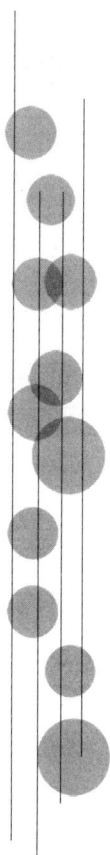

原路返回

车终于到了目的地，我长长地舒了口气。

一路颠簸，已经让我们力尽精疲。好在在山上的一切，让我心生安慰。

不好，不好！我必须原路返回！雷子的一句话，让全车人刚刚放下的心，再次提到了嗓子眼。

车上的几位先看看雷子，然后看看我。没作言语。

雷子又说，我必须原路返回，对不起大家了！我极不情愿，但装得十分大度地说，没事的，我陪你去吧。

雷子满面堆笑。

在路上，我问雷子，是不是什么东西丢在了山上？

雷子说，不是，但必须返回去！不然，自己注定会通宵难眠！

我开始怀疑，写诗的女人，是不是都这样神经质？我两眼望窗外，一路无语。

我是昨天来到雷子所在的这座小城的，作为文友，雷子自然十分高兴，自然尽可能地尽着地主之谊。

她今天带领我们参观了小城的几处有名的景点后，便突发奇想，要带我们去离小城约30公里的山上去看看。对于生长在山区、好不容易从大山里走出来的我，面对大山，早已缺少了那份激情。但碍于情面，我还是依然欣然前往，依然面带微笑。

在前往山上的路上，雷子告诉我，她所居住的这座小城，山下少绿，山顶终年积雪。特殊的地质结构，使得树木难以生长。

前些年轰轰烈烈地搞过飞机播种，人工造林，但都收效甚微！几年前，她们几个姐妹商议，在离小城约 30 公里的山上，义务种植了一片树林。每年的植树节，劳动节，清明节，她们几个姐妹都要一起来到山上，植上几棵树。谁的生日到了，也要到山上来植树。就连谁得了奖、晋升了职务，都必须用植树的方式庆贺！这倒是让我产生了好奇，对几个认识或不认识的女人，心生敬意。

尽管山路崎岖，凹凸不平，但我依然心向往之。真的想看看那片充满情感的树林。

这是一片标准的人工林，但又是一片极不规范的林子。林中的树品种杂乱，树木长势参差不齐。

雷子一会儿像个活泼的孩子，滔滔不绝；一会儿又像个慈爱的母亲，对每一棵树木，都关爱有加。她兴奋地向我讲述着每一棵树的来由，如数家珍。

我在心中叹息，女人啊，终归是女人。

雷子拿出事先准备好的零食，饮料，摆在事先准备好的简易布料上，便开始了野外的聚会。雷子拿出事先准备好的几个塑料袋，喋喋不休地对我们说，这个，放瓜子壳；这个，放水果皮；这个，放小吃的外包装……

我不解地看了看雷子，只好依照她的要求，小心地将废物归类。雷子的那位叫燕秋的姐妹告诉我，她们每隔一段时间，都会相邀来此地聚聚，她们将这片林子取名为馨心园，意为温馨心灵的乐园。

在这样一个缺少绿色的小城，能有这样一个满眼皆绿的乐园，是多么难能可贵！早先种种隐隐的不快，随即便荡然无存。

时间，总是在快乐的时候才像书中说的那样，飞逝如电。

我们只得准备往回走。

雷子和她的几个姐妹，在收拾东西的时候，先在地上挖出一个小坑，将袋子里的果皮埋了，再将其余的废料包，挽一个结，放入了背包。雷子说，果皮烂了，可以做肥料；饮料瓶、零食的外包装等，必须带回去，丢到垃圾箱，不然，会污染了环境，让她们心里蒙尘。雷子说，多年了，她们都是这样做的。

我对几个女人的举动，暗自佩服。但是，雷子突然要求原路返回的

举动，着实让我心生不快。

终于来到了刚才的那片树林。车未停稳，雷子便迫不及待地跳下车去。

雷子在山坡上找寻起来。我在心里暗自感叹，这个女人，说她丢了东西，居然还不承认！女人啊，总是丢三落四的。

找到了，找到了！雷子快乐地叫起来！

我定睛一看，雷子手里拿着的，是一个还剩小半瓶水的矿泉水瓶，她将剩下的小半瓶水，轻轻地倒在身旁的那棵小树上，然后，拿着那个空了的矿泉水瓶，脸上洋溢着如释重负的微笑，向我们跑来！

采访江秀琴

这条路，走了多少回了？让我算算，这前前后后，应该是七回了吧。
每往返一次，我的心，都如尖刀划过……

虽然那场巨大的灾难，离我们远去，已经快一年了，但留在心底的伤痛、呈现在眼前的现实，是无法与时间同步，慢慢消去的。

前往汶川的路上，我不止一次地问自己，现在，她过得好么？她的生活，是不是真的像电视里说的那样，充满了阳光与欢笑？

我说的她，叫江秀琴，是汶川某单位职工，地震后 4 天获救。她的丈夫、姐姐、母亲，全部在地震中遇难。这个坚强的女人，依靠一小瓶藿香正气水，顽强地生活了四天！人们救出她时，她手里还紧紧地攥着还有半瓶液体的药瓶！

就此打住，说正事。单位头儿知道后，要我快速出击，搞到第一手新闻资料。我便在 2008 年五月中旬的某一天，满腔热情地踏上征程。

现在回想起来，在 2008 年，中国的媒体的功能，是多么地强大！各类媒体纷纷涌向四川，涌向各大灾区。作为地方报刊，要在当时顺利采访，是多么地艰难！不过，我还是通过当地的朋友，顺利地见到了江秀琴。

面前坐着的，是怎样一个弱不禁风的女子啊。瘦小的身材，消瘦的脸庞。也许是年纪相近，加之我这人长得比较容易让人产生悲情的缘故吧，江秀琴没有说几句话，就已经满面是泪了。

我默默地为她递上卫生纸，她默默地接过，但我很快发现，那么多的卫生纸，都不能挡住她的泪流。她的每一次述说，都是肝肠寸断，每一次哭泣，都是撕心裂肺！

我说，我们休息一下吧，她看了看我，没有语言，但我读懂了她眼里满含的感激之情！

我故意岔开话题，谈了一些与地震无关的事。慢慢地，她的心情便平静下来。我们便接着谈。这时，江秀琴单位的领导在门口探了探头，对我说，能不能快一点啊，会议室还有好几个记者等着要采访他呢。虽然时间才中午11点，但江秀琴告诉我，今天，我已经是第11个采访她的人了。

我一惊，忙问她，每天都这样么？

江秀琴说，是的。昨天20多个，前天30多个，今天啊，不知道会有多少个哦。江秀琴接着说，没有办法，这是单位安排的工作啊！

我的心一下子狂躁起来，不知道是悲痛、同情、理解，还是失落、无助、后悔。

我起身给她倒了一杯水，她有些不好意思，忙感激地接下，说该我给你倒啊，你是客人。

我说，不要客气。便转身站到窗前，想努力使自己的心情平静下来。

我说，这样吧，你将自己所有的关于地震的事情，全部讲给我，我保证，以后，在一般情况下，你再也不会像前几天这样过了！江秀琴半信半疑地看着我，再次开始了她的讲述。

前几天，我在电视里看到了满面阳光的江秀琴，她的精神比我想象中的还要好，电视画面上呈现了她在单位、在家工作和生活的画面，我还看到了她的父亲、女儿。于是我便产生了前往看看的念头。

我很快就见到了江秀琴。见到我时，她自然先是一惊。当我问她这一年生活得怎样时，她突然转过身去，偷偷地抹泪。我的心降到了冰点。看来，我们的所谓新闻，在这次报道中，依然只是注重了表象。

江秀琴突然转过伸来，一把握住了我的手，我明显感到，这只小手，是多么地用力在握。她浑身颤抖，无论怎么努力，都难以平静。

我不知所措。此时才深深感到，男人，有时候也是多么地无助！

终于，江秀琴平静下来，说，这几个月，我一直在托人找你，但是，都没有音讯。没有想到，真的没有想到，今天居然在这里见到了。

江秀琴对我说，要不是你，我不知道能不能活到今天！真的！

我说，没有什么，应该的。我问她，前几天的那个采访你的电视节目，你看了吗？

她高兴地说，看了，看了啊。我还向采访我的电视台记者打听过你呢，我还托过他们帮我打听你呢。江秀琴有些后悔地说，采访我那天，我怎么会忘记了找你要张名片呢？

随即，江秀琴便硬要我去看看他们一家新的住处，还说，必须要到她家去吃顿午饭，她的父亲、女儿，都想当面感谢我这个恩人呢。

我的心，不安起来。

或许，朋友你现在也会心生疑惑地对我说，你并没有帮助过人家啊，哪里谈得上恩人呢？

是的！我也这样想。

其实，我只是在采访完江秀琴的当天下午，就起草了一份关于江秀琴地震遭遇的介绍材料，详细介绍了前后的一切。然后，我跑到当地的文印店，打印了几百份，送给了江秀琴。并对她单位的领导，提出了非分要求：以后，无论谁要采访江秀琴，请不要通知她本人，将这份材料交给来者，就行了，在短时间内，请不要再让她面对媒体了！

事情就是这么简单。

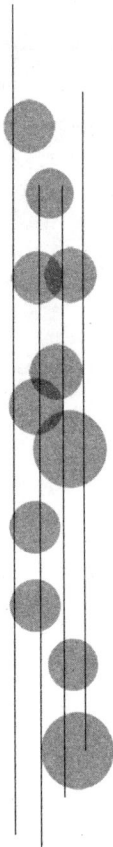

镜　子

　　妻下岗后，我便在小城的闹市区服装市场弄了间门面，让她当起服装店老板来。

　　一天，妻回来后，满脸怒气，说，隔壁那家人，也太不像话了，生意都做了半年多，连块镜子都不做，天天来搬我的，取取挂挂不方便不说，他们搬过去时，我这边的顾客也正需要用一下，只好又过去搬回来。麻烦不说，太误生意了。

　　我劝她，隔壁邻居的，借借东西也属正常，至少也可以联络一下情感吧，这样正好。

　　妻便一脸的不悦。

　　几天后，妻高兴地对我说，隔壁那家或许看出了她的不悦，买了一块镜子，这下好了。

　　我不以为然地笑着摇了摇头。

　　日子在不经意间悄悄过去。

　　这天，妻对我说，哎，这事也怪，咋现在我与隔壁那家总也找不到说话的理由，总像有啥东西找不着了。

　　妻便一天天显得沉闷起来。

　　我也不知所以地摇摇头，叹息一声。

　　忽然有一天，妻回来后哼起了小曲，我问妻遇啥喜事了，她说，大喜事呢！知道吗，今天一场大风，将隔壁那家的镜子整个搞了个空中飞翔，摔了个粉碎！哈，真是老天有眼！

　　我对妻的幸灾乐祸很是不满。

　　妻却对我笑一笑，并神秘地做了个鬼脸。

　　几天后的一个下午，我下班后来到妻的小店，我惊奇地发现，原来挂在墙上的那面镜子被妻取了下来，并请人安了一个脚架，可以稳稳地放在地上。

　　妻说，现在，她与隔壁那家无话不谈，她们也只字不提再买块镜子的事，我们那"长了脚"的镜子在两家女主人的笑容里"跑来跑去"……

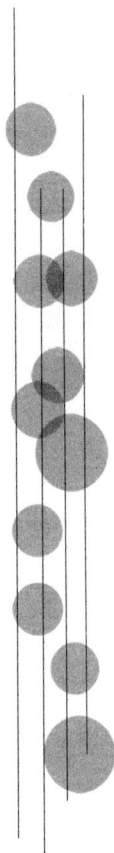

残阳下的那双手

回头望望天边，斜挂的夕阳透过树的缝隙，撒到我的身上，斑斑点点的，景色甚是迷人。我选择了步行回家，尽管，故乡早已铺上了在山区罕见的柏油路。

这条小路成坡度蜿蜒向上。正值麦收时节，我想以步行来回味曾经的岁月。再就是，我昨天与父亲联系过，他说他今天开始收割麦子了。麦田，就在这条路的边上。

哥嫂常年在外地打工，母亲去世后，我多次劝说父亲来成都与我们同住，但父亲态度十分坚决，他说，他至少要在老家陪伴母亲三年，他走得太远了，母亲会担心。但三年早已过去，父亲依然不愿离开故土。我们只好依了他。

我背起背包，开始了向上的行走。背包里，有妻子特意在成都准备的一些夏天必用的药物，一些滋补的药品，还有十双崭新的白手套。妻子说，爹一定还戴着去年的旧手套，肯定早已是"漏洞百出"了，他的手本来就不好，再不细心保护一下，心里实在过意不去。

想到这里，我的心里便堵得慌。父亲那双手，是怎样地让人心底疼痛啊。

父亲那双手残缺不全。我很小的时候，父亲左手无名指就莫名其妙地少了一截，婆婆告诉我，要养你们哥弟四个，你爹想多学一门手艺，多挣点钱，去学石匠，被石头压断的。

后来，我上了小学，父亲又去买了打米磨面的机器，给乡亲们打米磨面，挣点钱补贴家用。那一天，父亲在压面机前忙碌，他想将机器上剩下的那点面渣，一点不剩的给别人压成面条，他用手朝面槽里刮，一不小心，手被夹入滚动的机器。

后来，人们说幸亏父亲好事做得多，只丢了一截右手的中指头。当时，放在面槽边上的木制铲刀，被父亲的袖子带入面槽，迅速止住了机器的转动，才免了更可怕的悲剧发生。

再后来，我上了中学，几个哥哥也正是花钱的时候，父亲便在二爹的带领下，上山去挖天麻杜仲等药材去市场上卖。那天中午，我看见二爹背着父亲疯跑回来，父亲的脸色白得吓人，左手肿得老高，手臂上被面葛藤缠得发乌。二爹把父亲扶坐在街沿上靠柱子坐下，疯跑着回屋背出他的药箱，快速给父亲洗了洗左手那个小拇指。我已经认不出那是手指了，那简直就是一截黑得发乌的萝卜。二爹命令我们在场的人转过身去，父亲一声惨叫后，我们回过身来，父亲的那截小手指，已经掉到了地上。母亲不依。二爹没好气地说，要指头还是要命？在场的人，包括婆婆，都不敢应声。因为二爹是远近闻名的赤脚医生，他关于医药上的话，在我们山区就是权威。后来才知道，父亲在山上被毒蛇咬伤，无药可治，是二爹果断切掉父亲那段被咬伤的手指头，才保住了父亲的性命。

每次一想到父亲那双手，我的心里就阵阵刺痛。十指连心啊，现在都不知道，父亲是如何忍住了那三次剧痛的！

我没有歇息，一鼓作气走了五里山路，父亲的麦田近在咫尺。为了给父亲一个意外的惊喜，我昨天在电话里，没有告诉父亲我会回来，我喜欢看父亲每次看到我突然站在他面前时，那孩子般喜悦的表情。

爬上田埂，父亲果然在割麦，与几个邻居老人一起。我知道，老家现在在家的人少，老人们从来都是互助作业。我蹑手蹑脚地往他们身边移去，一个老人直起腰时发现了我，我示意她不要出声，继续蹑手蹑脚地向父亲身边移去，老人满面堆笑的看着我，我看到了久违了的母亲的微笑。

我走到父亲身边蹲下来，父亲依然在忘我地割麦，他额头上的汗水，也止不住他挥舞的镰刀。我轻轻的叫了一声爹，父亲一惊，那如弯月的镰刀，在我的眼前一晃，便从他的左手上划过。父亲吃惊地看着我，直起身说，回来也不提前说一声？但随即他的脸上便绽开了笑容。我看见有红色的血液，从父亲的左手上滴下来。我很是愧疚地放下背包，以比

当年二爹还快的速度，取下父亲左手上那双真的漏洞百出的手套，从背包里取出妻子备下的酒精、纱布，替父亲清洗、包扎伤口。

几个老人都围了过来，七手八脚地准备帮忙。我说，我来吧，我能行。我像一个技术娴熟的医生，慢慢地替父亲包扎受伤的那根食指。我一边包扎，一边轻轻地往伤口上吹气。这是怎样惨不忍睹的一双手啊，残缺不全，满是伤口，甚至弯曲变形到无法正常打开。那一道道伤痕，犹如一把把尖刀，划过我的身体。

我感觉自己在完成一个伟大的工程，小心而缓慢。伤口包扎好后，我从背包里拿出崭新的手套，先发给其他几位老人，然后，我用折叠剪刀，将一只手套的食指的根部剪开一半，然后绕开那个受伤的指头，慢慢将手套戴在了父亲的手上。

我做这一切的时候，父亲没说过一句话。他一直默默地看着我，从他手指和那只手的颤动中，我知道，父亲的心底一定是百感交集。

我抬起眼看父亲，他的双眼通红，眼眶里，泪光闪动。我说出了至今自己都难以相信的、就像话剧台词的一句话：爹，你这双手，是为了我们兄弟几个受的伤，你苦了一辈子，今天，你就靠在我的怀里，痛快地放声哭一次吧！

我一把搂过父亲，紧紧抱着。我感觉父亲全身都在颤抖，很快，我的肩头，便有液体不断滴下，在我的文化衫上，浸润开来。这时候，残阳刚好靠近山边，我感觉自己，又像小时候的傍晚，靠在了父亲的肩头。父亲那双残缺不全的手，在我的背上，来回抚摸……

晨曦里的那双手

我一眼就认出他们了。尽管，我们相距，大约二十米。

这是一个冬日的早晨，我要去原单位办事。这时的红星路二段，还在一片沉寂之中。

我决定去我居住过一年多的双栅子街转转。虽然时过几年，我依然对那里充满感情，毕竟，那里是我初到成都工作生活的第一站。

他们还是那样不紧不慢地走着。男人拉着女人，就像大人拉着一个调皮的孩子。但女人显然比男人高大健壮得多，她几乎高出了男人一个头。女人的步履蹒跚而踉跄，不时还伴着任性和固执。男人显然是有些费力，但他的手，始终紧紧地攥着女人的手，一步步向前行进。

这是我再也熟悉不过的情景，前些年，在成都的双栅子街上，我总能看见他们这样在街上走着，仿佛是他们每日的必修课。

这时候，有阳光穿过高楼的缝隙，照到街道上、树枝上，星星点点的。双栅子街便在这晨曦里，显得分外迷人。我没有像往常那样走过去，与他们打招呼，我被眼前难得一见的景致再次吸引，是那么地温馨、雅致，那么地感人而多情。

说起来，他们是我的邻居。当时，我租住了这条街上的一套民房，恰好，与他们楼上楼下地住着。我每天出门或回家，几乎都可以看见楼下居住的他们。屋里，常年都只有一男一女两位老人住着，也没见他们的儿子或是女儿，来看望他们。男人那时大约七十多岁，但精神出奇地好，你时不时还可以从他的脸上，看出一阵阵红晕。女人年轻些，大概五十左右，但明显看出有些智障，她整天呆呆的坐在男人为她准备的那把有靠背的木椅上，望着窗外发呆。有时候，有人路过，她也会一下子

转过头来，直瞪瞪地看着他，然后傻笑。我的小侄女来我家玩，每次都要我们接送，她才敢从楼下快速跑过。我们当然不会害怕，因为她从不会像一些武疯子那样大打出手。

这女人的生活，基本不能自理，她洗脸吃饭，几乎全依赖男人，很多次，我都看见男人像哄孩子一样哄着女人吃饭，哄着女人洗脸。那画面，亲切而动人。我与妻常常被这画面感动着，感叹男人的矢志不渝，感叹男人对女人的精心呵护。

我发现，男人喜欢读书看报，我便将我们订阅或编辑的书报，送给他读。慢慢地，老人知道了我所从事的工作，便与我们攀谈起来，渐渐的，我便知道了一些他们的故事。

但显然，我们错了。男人和女人，不是一对夫妻，而是父女。

男人姓王，他与妻子都是成都东风渠旁一家食品企业的职工，他们的女儿先天性痴呆，从小几乎丧失了生活自理能力，但他们没有半丝嫌弃之意，决意不再生育二胎，无论如何，都要将女儿养大。在他们的女儿十三岁那年，成都上游大雨，东风渠水猛涨，那时候，对东风渠的治理，几乎是无序状态。一个浪头，将在河边玩耍、看女人洗衣服的女儿卷入河中。女人不会游泳，她跳入水中，奇迹般地将女儿推上了岸，自己，却再也没有爬上来。

男人恨死了东风渠。执意提前退休，将家搬到了远离河水、远离东风渠的市中心的双栅子街。男人告诉我，他这一辈子，再也无法面对那条渠道，他要永远陪伴在女儿身边，因为，女儿的身上，有他妻子的影子，女儿，就是他活下去的全部希望。

后来，我们便将老家的亲友带给我们的特产，诸如腊肉、干果之类，朋友们送给我们的礼品，诸如糖果糕点之类，送一些给他们，老人总是千般拒绝后才肯收下。我一直不好问及老人的收入，问及他们的生活状况，但我时常可以看到，他们生活的艰辛！

无论晴雨，无论风雪，老人都要在每天早晚，拉着女儿的手，在双栅子街，在红星路上，慢慢地行走。老人说，每天带她出去走走，也好让她见见周围的世面，哪怕她什么也不知道！不然，女儿会在屋里呆傻的。

我掏出手机看看，快到九点了，我没有继续跟着他们。我知道，他们将从那条横街穿出去，然后，从红星路上绕回来。

我快速地走进街边的超市，买了一包食品，放到我以前居住的小区那位门卫大娘手里，托她转交给他们，并代我向他们问好。

我没有走那条直路到办公室，而是绕道前行，我不想去打扰他们有序的生活。因为，老人的话语，总是在我的耳边萦绕：我一定要想法活下去，我必须死在女儿的后边，要不然，哪怕我先死一天，她就会多受一天的罪！

转过街口，我果然看见了他们，他们还是那样不紧不慢地走着。老人拉着女儿，女儿的步履依然蹒跚而踉跄，不时还伴着任性和固执。老人显然十分费力，但他的手，始终紧紧地攥着女儿的手，一步步地向前行进。

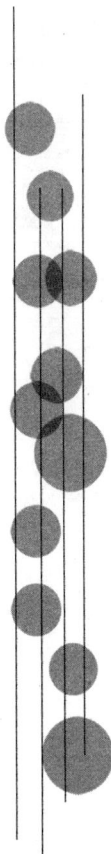

生日礼物

李毛子要过生日了，工友们聚在一起，商量着今年该送什么更新更好的礼物给他。

我说，老是出钱凑份子，也太落俗套，太无意思了。

工友们便点头称是，说那就看看明天谁的礼物最好。

我必须先给大家说说我们的朋友李毛子。

李毛子以前与我们同在一个厂子，但他不满足于厂子里那几个死钱，很早就出来单干了。他一心想做饮食生意，十几年前靠卖米粉、"砂锅"起家。后来，跑重庆、上成都，踏踏实实学了些功夫，回来后专卖砂锅系列食品，生意越做越红火，租下了小城某单位的房子，开了家大众饭店，桌子由五张发展到五十张，后来，生意做到了座无虚席的地步。工厂的工人和回城办事的乡镇工作人员成了这里必不可少的回头客。

后来，李毛子找我们商议，说准备顺应时代，开一家仙居酒楼，准星级的，吃、喝、玩一条龙服务。我们劝他，别搞了，不要人云亦云，最好把握自己的特色，突出自己的优势。但最后，他还是搞了仙居酒楼，生意比想象中的还要红火。李毛子对我们说，每天，你们用不着看我的酒楼，只要数一数楼下停的小轿车，就能知道我生意的好坏了。

果然，我们时常看见李毛子手持"大哥大"，站在一字儿排开的小轿车堆里打电话的神气劲。工友们都说，这小子真走运。

于是，李毛子便将精力放在了酒楼上，大众饭店这边，则差了自己一个堂兄把持。没过多久，"大众"的生意日渐萧条。我们找到他，说，你该分点心思到这边来了。他则站在小轿车堆里说，那几个小钱，不收也罢。

后来，李毛子的酒楼前小轿车日渐少了，因了上面的政策，极少有人再敢乱用公款寻开心了。

李毛子的面色日渐消沉，我们劝他，舍了"仙居"，重振"大众"。后来，他又增加了一些"农家食品系列"，生意又日渐红火。李毛子又回来了大众，每每忆及"仙居"的日子时，便苦涩地叹息。

第二天，工友们均如期赴了李毛子的生日宴会。意料之外的是，所有的工友都与我一样，手里捧着一辆从玩具店里买来的"小轿车"，大家将这些品种不一的小车一字儿排开，放在了李毛子靠墙的那长长的收银台上……

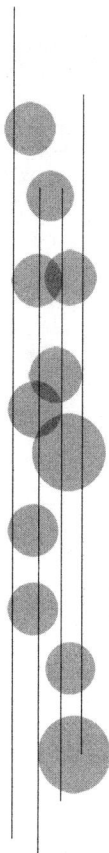

关于王玉芳的采访记录

近日闲来无事，将前些年的一些东西整理了一下，我当记者那几年的采访本，引起了我的注意，在随意回顾中，我觉得关于下岗职工王玉芳的采访笔记，还有点意思，便删繁就简，重新整理如下：

第一次

时间：1996 年 3 月 20 日

地点：纺织厂大门口

记者：请问，你有三个正在读书的孩子，丈夫又早逝，今天下岗了，你有何打算？

王：下就下了，能有啥打算，厂子没路了，自己总得找个活人的道道吧？三个娃儿总得吃饭，总得上学吧！

第二次

时间：1997 年 3 月 13 日

地点：农贸市场

记者：你好！还认得我吧？快一年了，你竟然下岗不丧志，生意做得这么好，能告诉读者朋友，你这一年来走过的创业路吗？

王：认得！咋不认得？一年里走的路，说多不多，说少不少。说苦又乐，说乐又苦，幸好，我小时候跟我妈学了些做豆腐、豆芽的手艺，靠下岗发的几十块钱起家，生意虽不算很好，但是供三个儿子上学还勉

强过得去。人嘛，得活出个志气来才行。

第三次

时间：1998 年 3 月 8 日

地点：妇女代表大会会场

记者：你好啊！如今都成模范了，还认得我吗？

王：哎哟，大记者，是你呀，咋不认得？我正愁没机会感谢你呢？你可为我们下岗职工做了大好事了！

记者：能谈谈你这一年的情况吗？

王：谈啥好呢？自从你那篇文章见报后，各级各部门的领导都来看望我，关心我！政府对我们下岗职工实在太关心了！许多顾客看了报纸，主动找到我的店里来买东西，真是太感谢了。我现在将我的店，命名为玉芳豆制品店，将豆腐取名为玉芳豆腐。我决心干出一番大事业，一来感谢政府对我的关心，二来为我们下岗职工争口气。

第四次

时间：1999 年 3 月 15 日

地点：再就业模范报告会会场

记者：（见到王，还未及开口）……

王：哟！是小罗呀，你看，最近又发福不少了！这些年，你对我的帮助我会永远记住的，今天来开这个会，我是准备了很久的，本来打算这次报告会的材料还是让你来写，你熟悉我嘛，后来×书记的秘书来了，就让他写了算了。材料待会儿会上会发给你的，你就照材料去写稿吧。哦，对了，我还忙，一会儿就该上去了。回头你到我店里去，我给你弄些正宗玉芳豆腐，八折优惠！

记者：……

第五次

时间：2000 年元月 15 日

地点：玉芳豆腐店

记者：玉芳经理，你好！我今天来，主要是奉×领导之命，准备对你近年来的创业之路，作一个全方位的报道。

王：就别绕弯子了。我这些年咋走过来的，你清楚，看在也认识这些年的份上，文章就不用写了，要多少赞助费，你开个价吧？

记者：……

第六次

时间：2001 年 5 月 20 日

地点：玉芳豆腐店三分店

记者：王玉芳总经理，你好！我今天奉命来，是想了解一下，你作为个体私营企业的代表，在西部大开发中，有哪些具体打算和……

王：西部大开发就开发嘛，我们能有啥打算，我们这些豆腐还能冲出亚洲，走向世界不成？问具体打算是吗？去问几个分店经理吧，我一天接待上级领导都忙不过来，哪有那闲心？你们这些小报记者，也真有点烦人！

记者:?!

第七次

时间：2005 年 3 月 28 日

地点：看守所

记者：你好，请问，你作为个体企业发展的代表，作为先进典型，在豆制品里添加工业用品、添加违禁品，造成了这么严重的后果，走到

今天这一步，是不是……

　　王：有什么好谈的？老娘敢作敢当！要不是你们这些烦人的记者鼓吹，要不是那些单位领导一味地为我贴金，老娘会有今天？

　　记者：……

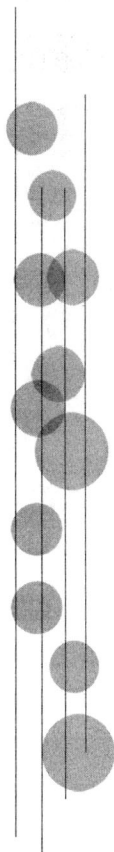

发报员刘菊花

说实话，我做梦也不会想到，刘菊花会来找我。

就在去年，秋天吧。天空像书上说的那样万里无云。其实，也不知道是多少里无云，因为我的心情好，感觉万里都不够。

刘菊花面带微笑，无数苍老的痕迹，布满了那张当年青春荡漾的脸，那笑容里甚至还看出了几丝祈求。不敢想象，当年在小镇红极一时的刘菊花，在多年以后，会以如此模样，出现在我的面前。

当时，市里正举办一届技能大赛，范围广泛。我在负责这次大赛的具体事务。刘菊花来找我，是想参加这届比赛。至今也不知道，刘菊花是如何打听到我的。她甚至还托我的那位在县城某局当副局长的同学给我说情。

我对刘菊花说，只要有技能，谁都可以参加啊。

刘菊花说，我这个技能，你是知道的，十几年前，不必说，现在，不知道还算不算？

我当然知道。

刘菊花一说，我真的犯难了。我不敢贸然回答她。我告诉她，我请示了相关领导后，再给她答复，但请她一定放心，我会当成自己的事情来办。

刘菊花满怀希望地离开了。

我怎么也难以将刚才这个刘菊花，与当年那位刘菊花联系起来。

我需要啰嗦几句。刘菊花当年是云盘梁所在的那个小镇邮电所的发报员，她收发电报的技术，在全县范围，无人可比。发报间那满壁奖状、锦旗，足以说明一切。"长得像画报上的人儿样"，这是小镇人对她的评价。

我还在读小学的时候，刘菊花已经在邮电所发报很多年了。我们常常偷偷地在她所在的发报间的窗下，偷听她发报。她把"1"不读成一，要读成"幺"；"7"不读成七，要读成"拐"；"0"不读成零，要读成"洞"……

当她读出这些令我们无比兴奋的读法和音调时，我们便一遍又一遍地跟着她极小声地念，然后便捂着嘴，窃窃地笑。她的嗓音惊人地动听，我们认为，远比县广播电台的女播音员的声音动人。我们常常听着听着就忘记了回家，直到她下班出来，对我们一声吼，我们才鸟兽般散去，意犹未尽。

而今，我在给朋友报手机号码的时候，都难以改变对那几个敏感数字的读法。

我将刘菊花准备参赛的事情汇报后，领导们也十分为难。领导说，电报退出我们这个通讯舞台好多年了，新的一代人，谁知道什么叫电报啊？这次，连打算盘都不在此列，电报，就更不能算了。

我不知如何答复刘菊花，我的眼前，老是闪现出她当年的摸样，老是闪现出她前几天报名参赛时那双期盼的眼睛。

我把情况告诉了我的那位副局长同学。同学在电话里，半天没有作声。他长长地叹了一口气，对我讲述了刘菊花的一些情况。

电报业务退出通讯舞台后，刘菊花便被调到另外一个小镇任报务员，每天面对一大堆报刊信件，刘菊花很快就觉得索然无味。她常常在下班之后，一个人戴上耳机，很认真地演练收报或发报，几乎到了忘我的境界。小镇邮电所的领导怕这样长期下去会出事，便向县局领导做了汇报。领导们商议后，将她调回县城，提前办理了退休手续。

退下来的刘菊花，表现日渐怪异，常常独自静坐，对着自己那些发报工具发呆。她时常自言自语地背诵电报内容，说出来的，全是数字，没有几个人能够听懂。他甚至将报纸上或者书上的文章，翻译成电报，一个人默默地背诵，默默地收发。她常常对人说，她这样一手好技能，就这样废了，她不甘心！大家都认为，刘菊花算是被她的特长毁了。

同学告诉我，这次一定要想法救救她，让她展示一下技能，说不定可以改变她的病态。

我再次向领导提出这事，结果可想而知。

我在焦虑不安中度过一段时日。

某天，在与市电视台的一位当编导的朋友喝酒聊天时，我茅塞顿开。我当即与他商定，让刘菊花参加他主导的"梨州奇人"的节目。

没想到，刘菊花在电视节目录制现场，表现得那么出人意料。我的那位编导朋友说，这是他编导生涯十几年来，看到的为数不多的奇人。刘菊花天生就是一位搞表演的料子，可惜发现得太迟了！她的镇定自若，简直是与生俱来！我要对她进行包装！让她快速红起来！我的那位编导朋友慷慨激昂地对我说。

果然就红了。

刘菊花的节目在市台播出后，反响强烈。人们对刘菊花对数字的超强记忆能力，极为佩服。刘菊花很快就成了名人。

后来，在我的那位编导朋友的努力下，刘菊花又多次参加了省、市电视台的娱乐节目。刘菊花在电视里，表现依然那么镇定自若：她转过身去，短暂地看一下背后那满版的数字，然后，面对观众，一字不差地背出。在聚光灯下，在阵阵掌声里，我仿佛又看到了当年的刘菊花，坐在小镇那个简陋的发报间里，美丽动人的样子。

美中不足的是，无论编导们怎么引导，刘菊花始终改不了那唯一的缺点，她始终把"1"读成"幺"，把"7"念成"拐"……

开旅游车的张大个

我至今还对云盘梁上的风景记忆犹新。

我在那家市级机关工作的时间不长，但对那里很多人，都极有感情，开旅游车的张大个，就是其中一位。

那时候，我一般在下午下班后，喜欢去云盘梁上转转。云盘梁面积不大，方圆就几公里，但景区环山而建，山路蜿蜒，自然就会有许多电动旅游车代步。

那天，我带着外地同行去云盘梁参观，坐上了张大个的电动旅游车。游毕，我拿出一张百元钞票，张大个说无零钱找补，叫我方便时补给他就成。我诧异地看看张大个，当时，我们互不认识。张大个见我诧异，挥挥手说，去吧，我姓张，我知道你在哪里上班。我都放心，你怕啥？陪客人去吧。

我们便这样认识了。

我常常在业余，独自一人拿着书，去云盘梁上读。紧张的机关生活，在这里得到全面放松。张大个有时候会凑过来，随便看看我手里的书，或是与我闲谈一阵。

在闲谈中，我陆续得知，张大个叫张志明，以前在一家市级企业的管理科上班，十多年前下岗了。

那时候，我的老婆孩子，还在我以前工作的县城。周末，单位若不放假，我有时候会来到山上，与张大个闲谈。

我感觉张大个这人见多识广，对一事一物，总有自己独到的见解，他认识和分析事物的能力，有时候甚至让我佩服。更有趣的是，张大个与我一样，喜欢在业余喝几杯酒。每次，张大个都要点上几个小炒，点

上一瓶白酒，我们共享。饭后，我抢着付钱，张大个总是用他那双有力的大手，将我半道拦下，从衣袋里摸出钱来，付了。

我几次急红了眼，抢着要付账。我总觉得，我好歹一月有那么多的工资，张大个要靠开电动车养活自己和全家啊。张大个看出了我的心思，说，你孩子还小，用钱的日子还长，省着用吧。你我算是有缘，对吧？有缘人哪里能分彼此呢？我们之间，不谈钱，不谈钱！

饭后，张大个会将手搭在我的肩上，去露天茶摊喝茶，一坐就是一下午。那时，还没有时兴查酒驾，但张大个说，喝酒不开车，开车不喝酒！

有段时间，我故意躲着张大个，一来老是他付钱喝酒，我心有不安；二来我们中午一喝酒，他一下午都不去开车，会影响他的收入。再就是，我感觉他这人不会过日子，开一天车，满打满算，收入就百把元钱吧？但张大个要抽云烟，软的那种，要喝铁观音茶，小袋装的那种。中午还要炒几个小菜，一天下来，几乎都是倒贴钱。我时常想，他这样上班，如何养家糊口？几次我都想问他，可话到嘴边，又咽下了。

张大个好像看出了我的心思，一天他打电话对我说，中午来一起喝几杯，这次你请客！我爽快前往。那天，我感觉特别愉快。

又一个下午，单位加班。下班后在云盘梁转上一圈后，已是暮色降临。我慢慢朝回走，一辆小车停在了我的面前。车上一个声音对我说，上车！我们一起走。

我一惊，是张大个。我有些不安地坐上车，才发现这车的豪华。更让我吃惊的是，车上坐的，居然是景区管委会的李主任。李主任我认识，我忙向她打过招呼。我疑惑地看看张大个，再看看李主任。张大个笑着说，没事，这是我老婆，一家人。李主任微笑着对我点点头说，我们老张常提起你，感谢你对他的照顾啊。

我不知如何走下车的，矛盾与疑惑占据了我的心。

冬天很快就到了，云盘梁上冰封霜冻，狂风呼叫。我上山去的时间渐渐少了，也很少见到张大个了。我们通过几次电话，张大个说，冬天，他一般不去山上开旅游车。路面太滑，不安全。

后来，我离开了那家市级机关，来到了目前所处的城市。我还是偶

尔与张大个互发些短信，以示问候。

前几天，还在那家市级机关工作的一位同事来看我，我问及张大个，同事一脸茫然。我说，就是云盘梁管委会李主任的老公啊，那个在景区开旅游电动车的。

同事一脸惊奇，你认识他？

我说，当然！关系好着呢。

同事说，你小子隐藏得深啊，居然与百万富翁认识！

我忙问，谁是百万富翁？

同事说，你真不知还是装蒜？就是你说的那个张大个啊。

我感觉我快要窒息了。

同事接着说，张大个是一家大公司的老总，总部在成都，在几个市都开了分公司，现在身价恐怕早就过千万了。他与她老婆关系特好，也要感谢网络，感谢现在的办公设施，为了与老婆在一起，张大个白天在景区开电动车打发日子，晚上回去在网上打理公司的事情。

同事感慨地说，张大个的小日子，真他妈牛！

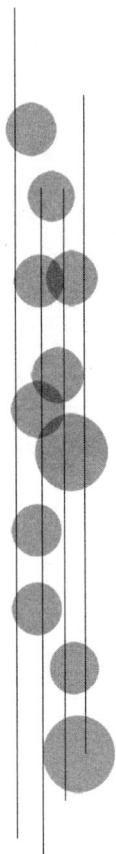

三巴汤

近日，陪 a 先生回故乡。抵达目的地，已是暮色深重。有寒风迎面吹过，不由寒噤连连。我建议将就吃碗面条，热热身休息。但 a 先生说，来到了我的故乡，还是弄点有特色的，破例陪你喝几杯吧。于是我们便环视周围，发现一家名叫"三巴汤"的汤锅店，估计还有点意思。

于是我们拾级而上。

我问 a 先生，你说说应该是哪三巴？a 先生思索一阵说，估计是尾巴、肋巴、嘴巴吧。我说，肯定不全对。嘴巴做汤，糟蹋饮食了。嘴巴一般都会凉拌或者红烧。及至小店坐定，我们很认真地问那名年轻的服务员，三巴是哪三巴？尾巴、肋巴、牛气（音 qi）。服务员满脸严肃地轻声回答，显得极不友好。

我不牛气啊？a 先生满面无助。我说话都是轻言细语的，怎么会牛气呢。a 先生憋得半天没有出声，再说，这也不够三巴啊。

又过来一位年纪稍大的服务员，a 先生发扬锲而不舍的精神，想继续探明究竟。

服务员说，肋巴、尾巴、那个。然后迅速走开。

看着 a 先生满脸迷惑，我掩嘴而笑。见服务员走远，我低声说，三巴是对的嘛。a 先生说，她还不是只说了两巴。这些服务员，素质真低，菜都解释不清楚。我说，还有牛鸡巴嘛！a 先生恍然大悟。

然后冒出一句与他的眼镜极不相符的一句话："妈的，不按套路出牌，还用暗语和土语嗦。"

九　爷

九爷终于在今年夏天倒下了。

九爷倒下的那天，天怪得出奇，七月火辣辣的太阳没了踪影，几天的阴雨仍不歇地下。

九爷睡在了自己为自己准备的那副木棺里，表情半是安详半是沮丧。

半天工夫，九爷的七大姑八大姨们衍下来的男男女女聚了一院坝，哭声时高时低时长时短漫山炸响。

七爷吧嗒口旱烟，说，哭个"卵'！龟儿子些。老九活过七十，是喜丧呢！

九爷的儿子明生虽为一村之长，但此时需耐心地回答任意一个来者的任意一个提问，见任意一个来者都要毕恭毕敬地磕头。孝子的头，猪脑壳都不如。

老人家前阵得过啥病不？有人问明生，口气不亚于他平日里催粮催款。

没有。老人家去的头几天还在坡上捡干柴。

听说老人家去的前阵子睡在棺材里，是不？

嗯。明生说，爹怕火葬。我又是干部。自打那阵推行火葬起，他老人家就在棺材里住，有半年了。

听说狗儿（明生的儿子，四岁）说了句话，老人家就去了？

那是四天前，明生说，爹捡柴回来想睡会儿，却发现棺材在冒油，（农村有个说法，谁棺材冒油，就预示谁的死期到了）。

冒油?! 众人讶然。莫不是老人家真活到头了？

嗯。前天，爹把我们都喊拢来，哭喊着交待了后事，说不让他睡这

棺，他到了阴间也要跟我们来个缠不清。

你们依他没？

咋没依？自打推行火葬，明白了好处后，我就知道爹的后事由不得他自己了，我是干部，总不至于在工作上拖后腿，让群众指我的背脊梁吧？

狗儿啥子话那么行，硬是把老人家送走了？

前天，爹交待完后事，哭得哑了声。他说，他并不想死，但这棺材冒油，不去不行哪，要是阎王爷发了脾气不收他，就只好当野鬼了。狗儿不省世事，东瞅西看，突然指着屋顶说，祖儿（祖父），祖儿，房子漏雨呢！老人家睁眼看天，屋顶上不晓得被人还是被野物弄烂了半匹瓦。老人家摸摸棺上，一骨碌坐起来喊到，是水，是水呢。硬是水哟！阎王爷还不得收我，哈……老人家没笑完，就直直地倒了下去，再也没起来。

九爷是高兴死的呢。有人说。

不，这叫喜丧！有人忙纠正说。

对，是喜丧！喜丧哟！

爷啊！

满院子人齐刷刷地跪在湿漉漉的院坝里，哭声四溅。

锣客门一阵猛敲，帮忙的又满院子窜起来。

人们围拢看时，堂屋顶上果然烂了半匹瓦，有雨滴正徐徐落下，落在了九爷原来放棺材的地方……

井

　　大家知道，天生所钻过的那眼没出水的井吧，顺那井沿堰塘往前走约两百来米的那口井，继天生的故事以后，又发生了一段极为鲜活的故事。

　　故事发生在 2004 年夏天。久旱的山区无雨可下，庄稼像刚醉过酒的汉子，恹恹的没一点生气，人们被缺水的难题困扰着。老井的水由粗变细由线到断线。九龙村的爷们儿成天主要的活路，就是找水。

　　罗大顺大清早起来，叫婆娘和女儿芸香快点煮饭，然后用大拇指勾掉眼角上一夜晾干的眼屎，再用小拇指伸进鼻眼去巧妙地鼓捣几下，一大坨鼻屎就被勾了出来。罗大顺用眼仔细瞧了瞧，在大拇指上一弹，那坨鼻屎就射入院坝里，蹦了一下，便被那只老母鸡啄了去。罗大顺今天要继续打井，央了些人。井已经有近十米深了，四壁已十分潮湿。据说，今天再挖一天，就该出水了。央来的乡人们七零八落地赶来，吃过饭，就到了井前。

　　青娃子将裤腰带紧了又紧，说，狗日的，今天再不出水，就日他先人！

　　青娃子到北方打过几年工，走投无路时跟着打井的师傅打过几天杂，回来后便成了村里走俏的货，这家请那家喊，有得肉吃有得酒喝，很是光彩。

　　青娃子一张破锣嗓子，天天就爱唱些不荤不素的情歌。他一口老痰吐出去，就如嫩鸡公打鸣般唱起来：

　　清早起来嘛就上山，摘片树叶儿吹一段。

　　妹子听见嘛树叶响，裤儿就提到门口穿。

昨夜三更嘛月牙弯，情哥来到你院坝边。

咳嗽又怕你狗儿咬，想喊又怕你妈听见。

没等青娃子唱完，张麻子的婆娘就连说带唱起来。唱个屁，骚鸡公一个。

今天老娘要见见世面，

不再在旁边添油加炭，

我要到井底下去看看，

看看那底下的冒水眼。

旁边的人就一阵哈哈。青娃子说，看可以，敢与我来对上一阵歌啵？赢了，这绳子就交给你。青娃子摇了摇手中的那根吊绳，说。张麻子婆娘说，对就对，怕你才怪，眼两眨，就唱：

清早起来嘛就上山，

看见青娃子在草里踏。

本想给他床烂铺盖盖，

又怕他"老弟"心眼偏。

昨夜你来到我院坝边，

又没有火来又没有烟。

老娘一阵嘛香屁儿响，

青娃子闻了就成神仙。

好！人群中爆发出一连串的叫声。

青娃子牢牢抓住绳子，说，不算，一盘不算，再对一回合，你又赢了，就让你去。

青娃子就又扯起了嗓子唱：

豌豆地里嘛锯锯藤，

张麻子婆娘要不成。

阎王老爷子瞎了眼，

配对咋不配我两人。

张麻子婆娘脸一红，狗日的，敢作贱我。就唱开了：

芝麻开花嘛开上了尖，

青娃子心口子厚过天。

再在老娘身上打主意，

你娃儿要死在六月间。

一群人便哈哈连天，说青娃子好似那烂秀才，张麻子婆娘像刘三姐。

青娃子一脸的难看，说输了不要紧，但不该唱死呀生的，不吉利，就把那绳子给了张麻子的婆娘，极不情愿的样子。

张麻子婆娘一张脸笑得稀烂，说，啥年头了，还信那些。就将那绳子系在腰间，风风火火往井下吊。井外的人蹬着八字脚，让绳子一点点下降。罗大顺感到手头轻了，张麻子婆娘在井底拼命地摇绳子，表示已到了底下。从下面传来瓮声瓮气的笑声喊声，经过井道这只质量太差的话筒传出来，声音早已变了调，嗡嗡嗡嗡的，听不清楚。

井外的人就骂一句，这骚婆娘！像疯了。给张麻子打个招呼看看，晚上下个狠，我不信就收拾不下来，才怪。

天朗朗的，太阳光透过桐树叶子，落在人身上，斑斑点点的，就像穿了迷彩服。

人们用绳子捆了锄头、撮箕、手锤等，慢慢往下吊。院坝边的公鸡为了展示其雄性魅力，长长地扯了一嗓子，便斜刺里靠近那老母鸡，要求做爱。老母鸡许是不愿，许是烦了，扑楞楞双脚点地，飞出老远。众人就咯咯地笑。

罗大顺说，狗日的青娃子，只想着张麻子婆娘，昨晚没搞成，今天还不罢休呢。又看时，那只公鸡正发扬锲而不舍的精神，又向那老母鸡追去，老母鸡像是真怒了，狠命地朝地上一蹬，扇动着翅膀，就直直地朝人群这边飞来了。眼看着就要落在拉绳子的罗大顺头上，罗大顺大惊，躲闪不及，脸上便被鸡爪子抓出一道血痕。罗大顺手一松，手中那根绳子羽毛一样飞出去了。

井底传出一声闷响，像锄头碰到手锤的声音，又不像。只有那一声瓮声瓮气的"妈"，人们听得真切。

青娃子砸一拳罗大顺，说，糟了，出事了。大家便趴在井口上喊，里面无人应。

罗大顺变腔变调地喊女儿芸香，快点把手提电筒拿过来。

芸香嘟哝道，大白天的，要电筒做啥？又见井边一个个人像雷击憨

了，就觉出事情不对头，疯跑着送来了手提电筒。

几颗脑袋，一股光。

张麻子婆娘歪歪斜斜地躺在井底，锄头横在身上，脸上身上已被血染得面目全非了。

井外的人有了哭腔。匆忙中用一根绳子的一头系住青娃子，另一头在旁边的树上绕了几圈，就像船靠岸的纤绳。

待人们手忙脚乱地将张麻子婆娘弄出来时，才看清楚，张麻子婆娘一边的太阳穴深深地陷了下去，鼻梁骨已经断裂，鼻子歪到了一边，另一半脸高高隆起，像六寨山那个残废人一样吊了个大气包。罗大顺用手去摸，已经气息奄奄，不能动弹了。

罗大顺的婆娘是全村出名的"大喇叭口"，毛声毛气喊医生，尖声尖气喊张麻子。待医生赶拢时，张麻子婆娘已经没有一点气息了。

张麻子听见喊声，从自家的果树上跳下来，鬼哭狼嚎一路跑过来，见自家婆娘平平地躺在石条上，就扑上去，一把一把地抓，一推一搡地摇，整得他老婆还未完全死去的一对奶子左一跳右一跳的。抓得没劲了，就像离娘久了的儿子，扑在婆娘身上大嚎。

全场人呆呆地立着，或许是刚才笑得太多，个个脸上阴沉得像快要下雨的天。青娃子抱着自己的脑袋，说，对歌，对个鬼歌哟，我说不吉利，你们咋就没人劝一句哟。就又将脑袋一阵狠命地捶打。张麻子软软地站起来，死死地盯着罗大顺，尔后像发情的公牛，扑上去又抓又打。哭着喊，打你先人祖宗的井啰，打你那个姐儿妹子的井哟，这下打得好，你还我婆娘，还一我一婆娘一哟一！众人便上前将他们拉开。

不多时，井边便聚满了人，黑压压的，不像平日里开会，通知半天，一个个总也是稀稀拉拉的，极不情愿的样子。

村支书罗明生急匆匆地赶来了，了解了大致情况后，说，哭有啥用？六月暑天的，人死不能复生，赶快静下心来，准备料理这一摊子事吧！

有人说，人往哪儿放，总不能就搁在石条上吧！有人马上应了，说，还用问，抬回家去呗。

张麻子一听这话，浑身又来了劲。死的不是你妈，你不晓得心疼哟，狗日的，哪有死人往屋里抬的理哟。

　　有人说，是嘛，那样哪成。那就放到罗大顺的堂屋里去。有人口气生硬地说。

　　罗大顺一双眼睛鼓得牛卵子大，那咋行？新修的房子，我妈还在前头哟。人们才记起，罗大顺老妈已快八十岁了，张麻子二十八岁的婆娘是嫩气了些。

　　最后决定，就用一扇木板，将她停放在罗大顺家横房街沿上。

　　当天下午，人们借用了罗大顺老妈的木棺，草草地入殓了张麻子婆娘，将其埋在了离张麻子房屋百米坡下的荒林里。按当地的规矩，年青人死了，是不得进入祖辈的坟林的。

　　晚上，人们聚在罗大顺的院坝里，处理这一摊子烂事。张麻子两只眼睛肿肿的，就像处于发情期的母猪的生殖器。

　　老支书说，现在，我们来处理一下后事，根据村委会的意见，罗大顺家是要赔给张麻子家一笔损失费的。后事嘛，双方都应冷静，顾全大局，不要斤斤计较，尽快走到一条路上去。

　　老支书说，张麻子，罗大顺赔你两千块，你看咋样？我不要钱。老支书说，嫌少？又转向罗大顺，罗大顺嘟哝着，那就加点。

　　老支书说，那就三千。

　　我不要钱。张麻子的声音哑哑的，像快死的蚊子。

　　老支书说，狗日的，我看三千块差不多了，心口子莫太厚了。十万八万我都不要！我只要婆娘！张麻子声音像公鸭子，哑哑的。

　　一屋人你看看我，我看看你，说，那就糟了，我看这事要摆起。有人便将脑壳偏来扭去，目光落在了罗大顺的女儿芸香身上。

　　长时的沉默。许多人的目光便次第落在了芸香身上。

　　芸香感到异样，目光依次越过张麻子、老支书及老爹的脸。老支书紧盯了芸香一阵，甩掉手中的烟屁股，烟燃得太过，过滤嘴烧焦的气味充斥到人群中，很难闻。他说，看来，只有芸香才能将事情搁平了。

　　芸香急得直打冷颤，哇一声哭了，扑进屋里关了门。人群中一阵骚乱。

　　长时的无可奈何，路灯下一圈恼人的虫子，将路灯捂得透不过气。

　　芸香妈颤抖抖地掏出钥匙打开门，老支书、罗大顺及他老娘老婆进

了门。人群中就又一阵骚乱。良久，屋内的人便一个个出来了。老支书干咳了一声，人群就静下来。

老支书说，经过商议，在各自同意的基础上，问题得到了解决。张麻子不要罗大顺赔钱，罗大顺呢，一时也拿不出钱，经过各自出主意，我宣布，这次事件处理情况如下：

1、罗大顺之女芸香，同意嫁到张家，与张麻子结为夫妻。

2、张麻子因刚死了婆娘，就不再拿彩礼钱，由罗大顺负责。养得起女子就置得起嫁妆嘛，是不是？

3、张麻子老婆的安葬费，由罗大顺与张麻子各负责一半。

老支书顿了顿说，明天就开始办理手续置东西吧，婚期，就定在张麻子婆娘头七以后，按风俗也是将就活人不就死人嘛，眼下马上就要大忙战"双抢"，这事情宜早不宜迟，他们好早点料理小日子。

人群中炸开一片议论声，说啥的都有。尔后，各自散去。火光点点，在山路上一晃一晃的，夏夜的山村已不再寂静如初了。

青娃子拽住老支书说，事情与自己也有关，定要拿出一千元钱，以却心愿。老支书说，也好，就定下了。

半月以后，那口未完工的水井边冒出了一些黄黄绿绿的细芽。井边有几个人正在忙活。他们将从井口挖出的土又一锹一锹地填入井内。填满了，还剩下一大堆松土，就又摊开，摊平，在上面种上了庄稼。

听说，一场透雨过后，庄稼长势良好……

玩　笑

春贵刚坐在田埂上燃起烟，就看见秋林从田那头晃过来，就像三月里的太阳，懒洋洋地没点生气。

时下正是育秧季节，山村里一块又一块新犁出的秧田，镶进大片大片绿油油的麦田，金灿灿的油菜田间甚是好看。山村的三月是花的海洋。

春贵大声对秋林说，咋，又闲了？冲几句壳子解解闷看看。秋林和天生差不多，都是远近闻名的"壳子"大王，时常搞一些恶作剧，令大家好气好笑却又不服气不行。

秋林看一眼春贵，坐下来说，先给支烟抽抽。眼下讲"效益"二字，你出多少？这年头你我兄弟可不兴无私奉献了。

春贵看看秋林，看看快要犁完的秧田，再看看头上灰蒙蒙的太阳说，好！就十元一次！秋林看看春贵，没作声。

不行了吧？量你小子也有不行的时候，春贵得意地说，这样，今天之内，让我上一次当，给你二十元！不成，你给我二十元。

秋林懒懒地看看春贵，说，行是行，不过，现在我可没时间，我要趁了天气好下河里弄点鱼！这大好的春光里得补补家伙才行。

哈哈！春贵大笑几声，你小子，技穷了吧，骗人还用这手法，落后了！你以为你是天生？谁信你的？

秋林满脸严肃，仍是懒洋洋的，说，信不信由你，真的没时间，今天赶场才从街上搞了点新技术，禁渔期搞鱼十拿九稳。秋林从兜里掏出一个纸包，扬了扬说，只要将这东西朝水中一撒，不出半小时，准让你手忙脚乱。

真的吗？春贵看看秋林，半信半疑地问。

不相信科学注定要落后！秋林说，咱俩是兄弟，可不能把我给出卖了，眼下是禁渔期，给逮着了就没啥好事。秋林看看四周，神秘地说，这事，可只有你一人知道，我得一个人先去了。说完，秋林起身朝河沟里去。

春贵再看看头上灰蒙蒙的太阳，看看快犁完的秧田，心一横，便一摇一晃地随秋林去了。

下河去的路有两条，一条是大路，好走些，斜着绕下河去。一条是小路，陡坡，直着下去。两个大男人，自然捡了近路走。

一路小跑着来到河边，秋林将手中的纸包打开，捻了包中的粉末撒向河里的回水湾。

撒完，秋林说，拿根烟来，半小时后捡鱼就是。两人便在石头上坐下来抽烟。抽着抽着，秋林说，糟了，空手空脚的，鱼起来后咋办？

就是，就是，春贵也急了，总得要些捞鱼的家伙吧！秋林说，你守着，我回去拿家伙。便扔了烟头朝回跑。跑了几步，秋林又转过身，对春贵喊，你赶快弄一些大点的树枝，堵在出口处，不然，鱼浮起来，手头没家伙，要冲跑！春贵一听，也对，忙应着甩开膀子折树枝。

秋林一路小跑，来到坎上，才哈哈大笑起来，你小子，就傻呆着吧！心里只可惜今天上街买回的那几两胡椒面。

秋林幸灾乐祸地往回走。远远地看见春贵的婆娘在院坝里洗衣服。春贵家穷，三十好几才讨上这么个女人，勤快是勤快，就是天生的有些痴呆。秋林想，春贵不是说今天他输一次二十元吗？那就让他小子输个够！

秋林从田里捧了几捧水，将自己满头满身淋得湿漉漉的，黑下了一张脸，向春贵婆娘跑去。

见春贵婆娘抬起头来看自己，秋林就大叫起来，你个笨婆娘，还洗个卵的衣裳！春贵都死了，你还有闲心洗衣裳！春贵婆娘傻呆呆地看着秋林，死了？你说哪个死了？哪个？春贵呀哪个！秋林急急地说，我刚才在河边捞鱼，春贵在河里洗澡，脚抽筋，沉到河里就没起来。

妈呀！这咋得了哟！春贵婆娘大嚎起来，丢下衣服就朝河边跑。秋林一把拉住她，说，哭有个卵的用？你这空手空脚的去卖哭嘛咋的？春

贵婆娘本就不好看的脸，哭起来更似一张丑陋的脸谱。

　　春贵婆娘忙揪一把鼻子，止了哭，问，你快说咋办嘛？咋办？取个门板，拿根长竹竿。门板可以当筏子，河那么宽，不到中间，你找得到个卵！不拿根竹竿，你手有那么长？秋林愤愤地说。

　　春贵家的门是老式的木门，双手使劲向上一提，门板就取下来了，竹竿也有现成的晾衣竿。秋林将背架子上的绳子绕在门板上，叫春贵婆娘背上，随即又拿了长长的竹竿，交到她手上。

　　秋林说，你先去，用竹竿搅河水，不行，再用门板当船，我再去喊些人来帮忙。春贵婆娘背着沉沉的门板，拿着长长的竹竿，嚓啕着晃晃悠悠地顺大路绕向河沟里去。

　　秋林捂嘴笑过一阵，便以最快的速度从小路连滚带跌跑向河边。远远地，秋林看见春贵还在忙着折树枝往河口上堵，就止了笑，正了正脸色，疯跑着喊，狗日的，还拿啥东西哟，你狗日的这回可是遭大殃喽！春贵问，咋的？看你像遭疯狗咬了样，我遭得了啥殃嘛？疯狗咬我算个卵哟，秋林半天换不过气来，你娃儿屋里火都上了房顶喽！火上房顶？咋回事？春贵显然是急了，声音怪怪的。

　　秋林说，我刚才回去拿东西，老远看见你那婆娘背了门板向我跑来。我笑她大白天演的哪出戏，她哭着问你在哪儿。

　　我说在河边捞鱼呢，现在我正回来拿东西捡鱼呢。她就杀猪一样嚓叫起来，捡个啥鸡巴鱼哟，火都上了房背罗！那笨婆娘也许急得没法了，啥东西也是值钱的嘛，咋就只晓得抢个门板？

　　这时，春贵婆娘的哭声正好从山路拐角处传过来，大一声小一声，有一句没一句的。春贵正张开嘴想喊，秋林忙扯了他一把，说，都啥时候了，还管她的，回去迟了，怕烧得连做纽子的东西都没有了。于是，两人便顺小路没命地向上面爬去，任随春贵的婆娘鬼哭狼嚓向河边去了。

　　待两人跑拢春贵家屋前，春贵一张脸或许是着急或许是气愤，扭曲得让人认不出来了。春贵院坝边红红的桃花，白白的梨花正艳艳地开放，几只公鸡母鸡在院坝里调情正欢。

　　我日你先人！春贵朝秋林吼道。

　　秋林已笑得在地上打滚，连连朝春贵摇手求饶。好不容易止住了笑，

秋林说，咱们可是有约在先，你输一次二十元。第一次，我说用新技术毒鱼，那其实是婆娘叫我赶场去买的胡椒面；第二次，我骗了你婆娘说你洗澡淹死了，叫她背了门板，拿了竹竿到河里捞你；这第三次嘛，就不用说了。秋林洋洋自得，三次，六十元，打个折，给五十算了。

给你个鸡巴！春贵怒气难消，你小子，害得老子差点儿急死！要钱可以，得等老子先揍你娃儿一顿！

这时，村上的高音喇叭响了。这喇叭是个新鲜物件，县广播局搞村村通时出资扶贫给安装的，而今成了村干部发号施令的工具，这回是村小学的老师兼了播音员，依旧是像村干部一样，先吹上三口，说，各位村民注意了，各位家长注意了，罗明刚才参加劳动被蛇咬了，罗明的家长听到通知，立马赶到学校，立马赶到学校！再播一遍……春贵准备揍秋林的手无力地耷拉下来。春贵的儿子就叫罗明。春贵喊一声天老爷呀，便猎狗一样向学校方向窜去。

秋林忙冲着他喊，你又不是医生，医疗点就在学校，医生还比不过你？急？急个卵！

春贵停了停，又加快脚步赶过去，他回过头冲秋林喊，等着，回来老子再找你算账！秋林喊，我反正要等你回来！随后又嘀咕着，这也才像个裤裆里吊家伙的人嘛。

秋林不慌不忙地在春贵家院坝边坐下来，好在这儿离学校不远，就十分钟的路程。他心里此时还没谱，娃儿叫蛇咬了，春贵会不会因为这个赖账不给呢？

秋林忽然记起春贵那笨婆娘来，不晓得她这阵咋样了。秋林忙跑向春贵家房后那又方又大的石头，那里可以远远地看见河里。

秋林爬上石头的最高处，见春贵的婆娘急着用竹竿在河里搅来搅去。秋林的心里忽地泛起一种感觉，怪怪的，酸酸的。

这时，村里的高音喇叭又响了，依然是老师兼了播音员，依然是先吹三下，村民同志们哪，各位家长同志们哪，刚才被毒蛇咬伤的不是一队的罗明，也不是三队的罗明，是五队的罗明，他老子罗冬云啊，快到医院去，娃儿已送到医院了……秋林暗自高兴，真是蛇儿有眼，没咬着罗春贵的儿子罗明！忽地又气愤这些当老子的，啥名儿不好，都要安个罗明，但转念一想，这关我屁事，哪怕人家安个猪狗牛呢？他心里又一阵高兴，眼看这到手的五十元看来真要到手了，春贵他小子受了气遭了累，动自己几下也是可以的，但必须给他说清楚下手不能太狠了。

正盘算着，见春贵已从远远的田埂那头走回来，脚底下懒沓沓的像病久了的老太婆，秋林忙站起来赔着笑脸，给春贵打招呼。

春贵走过来，一屁股跌坐在石头上，长长地舒了口气说狗日的，老子早上一起来眼皮就跳，这下总算对了。春贵将兜里仅有的两支"5"牌香烟递给秋林一支，自己燃上一支，将香烟盒甩得远远的说，我去时，我那狗日儿子正在学校跟一伙娃儿撵得飞，老子气得上前就是两耳光，说把你老子的魂都给搅了，你还欢喜得要上天。那几个娃儿愣呆呆地看着我，像雷击憨了。

秋林忙说，你哥子命大福大，那变蛇的未必就不长个眼睛，你的娃儿也敢咬吗咋的？只可惜吓着了其中哪一个你未来的儿媳妇，那就不好说了。

少扯鸡巴蛋！春贵说。秋林说，开个玩笑，莫上气，嘿嘿，你看我们刚才那事……春贵问，啥事？就是，就是……一次二十元那事，秋林赔着笑脸，三次六十元，我就打个折五十元算了。

春贵狠狠地吸了一口烟，说，你狗日的硬是鬼精。这样，春耕大忙的，家里又刚安了闭路电视，大家手头都紧，就按先前说的，一次十元，三次就三十吧。

秋林吞吞吐吐地说，这……是不是……不成就算了，春贵说，要不是今天折财免灾，三十元我都不想给。

那，那好嘛。秋林一副吃了大亏的样子。不过，钱，我手头可没有，得从我婆娘手头拿。春贵说完，像记起什么，问，咦，我婆娘呢？她呀，还在河边上捞你条大鱼呢！秋林掩住笑，指指河边说，你看嘛。

待两人重新朝河边看时，河边上早没了春贵婆娘的影子，河面上漂着春贵家那扇厚厚的门板和那根长长的竹竿。

春贵说，这婆娘，门板不背回来，晚上没门咋办？秋林说，没门倒是小事，万一你婆娘出了事咋整？

两人忙朝河边匆匆跑去。春贵一路喊下去，却不见老婆回应。春贵说，这婆娘，疯到哪儿去了。

此时，河里回水湾的水寂静而幽深，水面上仍然静止地漂着门板和竹竿。

秋林一拍大腿，叫一声，糟了，你看那门板全湿了，她莫不是坐着门板到河里捞你，翻了吧？

春贵吃惊地看着秋林吼道，你狗日干的好事，现在咋办？你还不快点下河捞人！

吼我干啥？秋林板着面孔，把浮在河面上的竹竿递给了春贵。春贵脱了衣服在河里东搅西搅，秋林此刻突然有了一种从未有过的快感。他说搅吧，搅吧，搅他妈个山欢水笑，鱼儿乱跳，搅得你娃腰酸背疼……

这时，学校放午学的钟声响了，不久便见春贵婆娘拉着儿子罗明边哭边朝河边走来。秋林把双手做成喇叭状朝他们喊道，你们哭个卵，还不快来把这条娃娃鱼弄回去！在河里冻得瑟瑟发抖的春贵循声望去，哭笑不得，他爬上岸扛着竹竿找秋林算账，撵得串串笑声在河湾里回荡……

酸菜汤

想不到，多年以后，我居然见到了王仁元，在这个人流如注的省会城市。

在接到他的电话的那一瞬间，我情不自禁地想到了酸菜汤，然后，慢慢才是他的名字。

王仁元约我在市中心的一家酒楼聚聚。我当然立即应下。我离开家乡县城多年了，老友的邀请，我没有理由拒绝。

王仁元显然是发福了，举止上也显得有些夸张。他见到我的兴奋，早已压过了我见到他的惊奇。

席间，我故意问他，要不，我们也点一盆酸菜汤？

他一阵大笑，说，他们这手艺，估计比我当年差十万八千里，算了，算了吧。

我们便相视而笑。

我的思绪一下子回到了十多年前，回到了山清水秀的故乡。那时候，我还在故乡的县报社工作。那年秋天，正是各乡镇换届选举的关键时候，我被派到玉山乡进行专题采访。玉山乡要在两天之内将副乡长候选人名单报上去，乡上的头头脑脑们便商定在当天下午开一个专题会。

上午十点左右，县委组织部史副部长到邻乡路过玉山，乡上一班人自然是千般挽留，谁都知道组织部任意一个人，对他们来说都是何等重要。中午那顿酒显然不能少喝。

送走了偏偏倒倒的客人，下午的会还得照常进行。提前列出的候选人提名名单里，有武装部长王国玉、农经站长张忠华、文化站长周长顺、办公室主任文太华。七个乡党委委员乘着酒兴，各自发表着对以上四位

同志的看法。因为四人中，最终要去掉两人。玉山乡乡小，不可能像其他乡镇那样三个五个往上报。乡上一班人七扯八扯，罗列了一大堆候选人的成就，也难以确定谁去谁留。

接下来便一人一张表，要求将自己同意的人的名字写上，结果，除办公室主任文太华一人得了六票外，其余三人均得四票。

乡党委书记赵红和口齿不清地说，这恐怕交不了差，还得再选。

大家忙说，就是，就是。中午喝多了，连字都在转，咋定得了。

这时，去年退伍后被安排在乡伙食团工作的炊事员王仁元端了一大盆酸菜汤，一跛一浪地过来说，领导们中午喝得高兴了些，要照老样子解解酒才行。

赵书记说，对，喝酸汤，喝酸汤，明天再选算了。

于是，满屋子便响起了喝汤的声音，浓浓的酸菜汤气息在会议室里飘荡。

第二天，会议照常进行。

谁也没有想到，待统计人员打开候选人名单一看，每个人都写的是王仁元。

在场的人面面相觑。赵书记说，命运天注定，就他了！妈的，要不是那盆酸菜汤，估计你们几爷子的脑壳这阵都还在疼！

没多久，王仁元还真被列为玉山乡副乡长候选人，然后奇迹般地战胜了办公室主任文太华，当选为玉山乡副乡长。这在当年成为我县选举史上的奇迹。

此后，王仁元一直踏实工作，一心为民。在官场上也一路飙升，先后任过乡长、乡党委书记，口碑一直很好。我在报社工作期间，一直对他跟踪报道，相互间自然有了很深的情谊。他这次来省城，是参加培训的，他已在一月前，就任县局某局的局长了。

这时，坐在对面的王仁元再次急着叫我端杯，他显然是有些醉意了。他说，人这一生，谁能说得清自己的前前后后呢？要不是那次转机，自己或许要与锅碗瓢盆打一辈子交道了。

我连连劝他，你的成就，是自己干出来的，你与我一样，没有任何背景可以依靠，我们问心无愧。

对，老子问心无愧！王仁元双眼泛红，但说这句话时，他显得异常清醒。

我们相视无语。尔后久久地看着对方，脸上露出都露出了诡异的笑。

"来碗酸菜汤！"

我们几乎是异口同声。

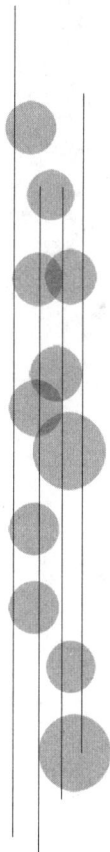

风雪中的那双手

一股冷风，从半开着的门缝里灌入。我不禁打了一个寒噤。

但此时我顾不上那么多了，心中的怒气，将我推出门外，重重的关门声，发泄了我心底的一些不满。

我与妻吵架了。傍晚漫天飞舞的雪花，像极了我此时的心境。

其实事情并不大。但妻老是不依不饶，继而扩大声势。我必须避其锋芒，来到这雪花飞舞的世界。我决定找一处小酒馆，但雪花如絮，宽阔的大街上，此时像老家小镇上夜晚的小街，少有行人。

我只得在空寂的大街上，漫无目标地前行。

我与妻结婚，很多年了，我们之间很难得为一些小事争吵。一场地震，再次磨软了我们的心。地震后，我与妻的脾气，明显不如以前好了，今天就为了一件比芝麻还小的小事，我们居然争吵得不可开交。我一直想息事宁人，但妻子那边火气正旺，有增无减，摔门而出是我的唯一选择。

大街上偶尔开过一辆小车，在昏黄的街灯下，开车人仿佛也遇到了什么不快，速度是那么缓慢而拖沓。

雪花更密了，夜色凝重，街灯的亮度在雪境里，显得那么乏力、无助。

我就是在这样的环境下，看见朝我这边来的那辆人力货运三轮的。

骑车的是一个男子，因为雪大，他穿得也厚，我看不清他的脸，但坐在他身后的女人，我看得真切。那件红花棉袄，在雪夜的街灯下，是那么地耀眼。

也许是路面太滑，或许是车子太重，我看见男人的整个身体，几乎伏在了车把上，他身体前倾，脚下的轮子，缓慢地转动。前面是一段小上坡，男人绕着S形，吃力地前行。

我突然发现，男人的两只耳朵上，各多出了一只手来。那手将男人的耳朵，严实的包裹了。显然，那是车后女人的那双手。车子从我身边缓慢走过时，我看见男人耳朵上的那手，还在慢慢地来回摩挲。我的心一下子热起来了，涌起了一种莫名的感动。

我不由自主地跟了上去。

小上坡陡了一些，车子行进的速度也明显慢了下来。男人的腰更弯了，他嘴里哈出的气息，在面前形成了一个白色的柱子，若隐若现。女人努力将自己的身体靠上去，那两只手，牢牢捂在男人的耳朵上。我看见女人的腰部，暴露在茫茫雪野中，但女人的双手，没有抽出来拉一拉自己的衣服，依旧死死地捂在男人的耳朵上……

小上坡过去，就是一段平整的路面。男人与女人，在这雪野中，成了一道美妙的风景。

我就这样一直跟着，不知走了多远。

我感觉自己完全融入了这夜色，融入了这不可多得的画面。

男人终于将车，停靠在路边。离他不远处，是一片平房。

我知道，这是地震后修建的过渡板房，许多受灾的民众，都安排在这里。男人将车停好，将女人从车上扶下来。他从车上拿下一根拐杖，递到女人的腋下。我这才看清，女人只有一只完整的腿！另外一只，从膝盖以下，就没有了。也许是路滑，女人晃了一下，险些跌倒，男人忙伸出他的右手，抓住了女人，女人的双手，迅即抓住了男人。就在那一瞬间，我的心降到了冰点！男人，只有一只手！左边那空空的袖管，在女人抓住的那一瞬间，空空荡荡！我感觉自己快要窒息了！

我看见男人扶着女人，将女人的一只手，夹在了自己的腋下。女人依偎着男人，慢慢朝板房走去。

我仰面朝天，雪下得更加密了。

我就这样仰着头，一任雪花飘落在我的脸上。

良久，我转过身去，加快脚步，朝家的方向走去。我必须在最短的时间内赶回家，将我看见的一切，讲给妻子听！

我想，等我讲完看到的这些后，风雪，估计早就停下了。

为母亲寻找回家的路

初春，下午，细雨如丝。

我骑上单车，去菜市场。有朋友来自远方，我得去备点小菜，与他小酌几杯。

出小区大门不足两百米，见一老者在细雨中，向我招手。看上去，她六十多岁，从神态上看，或许更加老些。

老者问我，你知道 37 栋吗？

我说，老人家，我们小区一期只有 20 栋楼房，没有 37 栋。你是不是记错了？

不会的，不会错的。就是 37 栋。

老者看上去很是焦急，咋会都不知道 37 栋咋个走呢。

我停靠好单车，对她说，不要急，老人家，我们慢慢找。

老人的脸上，终于有了笑容。太谢谢你了，太谢谢你了。老人说，我就出来转了几个钟头，和那个大姐摆了一路龙门阵，咋个就找不到回去的路了？

我拍拍老人的肩，说，放心，我一定帮你找到回家的路。

老人连连点头，但依然掩饰不住满脸的焦急。

老人家，你知道你们那个楼盘的名字吗？我问她。

老人摇摇头。

我说，我说几个楼盘的名字，你看看有没有你们那里哈。

老人连声应着，好，好。

我慢慢说出了周边我所知道的、楼房在 30 栋以上的楼盘的名字，老人都一一摇头。

我说，哪怕你说出你住的那个楼盘的名字中的一个字，也行。

老人嘴张着，半天没能吐出一个字。老人脸上的焦急情绪，更加重了。我看见老人的眼中，有泪花闪动。

我拍拍老人的肩，再理了理她额头散乱的头发。说，不急，我们慢慢来，我保证你今天一定能回到家里！

老人看了看我，点了点头。

我忽然想起，在我们小时候，夜幕降临的时候，找不到回家的路，是怎样地焦急与无助！

老人家，你家里还有些什么人啊？我问。

老人说，就是孙子、孙媳妇和一个上幼儿园的重孙子，我是从老家来城里耍的，孙子买了新房子，在这边上班，喊我来看看。

我估计，老人的孙子，年纪不会太大，也不会太小。按理，他们会留给老人他们的电话或者地址的。

我说，老人家，你出门时，你孙子给你留过什么东西没有，比如，他的电话、他们楼盘的名字？

天哪！老人大吼一声，有！有！我咋个就把这个忘记了！我孙子就是怕我走丢，给我写了这张条条。

老人将左边一直藏在衣兜里的手拿出来，慢慢张开。老人手中紧紧攥着的，是一张皱巴巴的纸条，上面写着的两个手机号码，被老人手心的汗水，浸泡得有些模糊了。

我说，这下好了，不要急，我马上联系你孙子哈！

老人一下子笑开了，她使劲纠了一把鼻涕，我分明看见，有泪水，快速流过老人的面颊。

终于联系上了。老人的孙子正在上班，走不开，他说出了楼盘的名字，叫老人自己回去。

我当然知道那个楼盘，不过，离我们目前所处的位置，还有几公里。

我告诉了老人家，她所住的那个楼盘的名字，并详细指给她路线。老人一脸茫然。

我问，老人家，你现在知道如何回去了吗？

老人无助地看着我，提菜的手，攥得更紧了。

我四下望望，人力三轮和的士，一点影子也不见。

我说，老人家，我送你回去吧！不远，几步路就到了。

老人一下子喜笑颜开，连声道谢。

我推着单车，陪老人朝她孙子家所在的那个楼盘走去。

老人说，其实前阵那几个人也喊我去打电话给孙子，可是我带的钱，都买了菜和水果了。那个大姐说，这个市场的菜便宜。哪晓得老了不中用了，出了门就不晓得咋个回去。这城里的楼房，都是一个样，一出门就像进了八卦阵，回不去了。

我觉得老人家其实是那种快言快语的人，就像我老家乡下的任意一位邻居。一种亲切感，迅速蔓延开来。

老人说，等会见了我的孙子，我就叫他把电话费给你哈。今天真的是太谢谢你了。

我忙说，说到哪里去了哦，老人家，还要收啥子电话费嘛。

那不行，老人说，那么多人，咋个就没得哪个用各人的电话给我打一个？这个钱，一定要给。

我难以言语。我说，或许他们没有带手机嘛。我接着说，再说了，我帮你打个电话，就像我到你老家去，你在你家的园子里，给我扯几根葱花蒜苗，你会不会收我的钱呢？

老人说，那咋可能收钱嘛，收钱就见外了！

我说，这就对了嘛。

老人半天没有说话，突然就笑了。说，你们年轻娃儿，就是鬼精，编个套套，我们老太婆儿只得往里钻！

我们都会心地笑了。

我们一路前行，雨丝变成了小雨点，慢慢落下。

老人的话明显多起来了，她满面堆笑，早已没有了先前的焦急和拘谨。

我说，老人家，把你手上的菜，放到我车前的兜里吧。老人说，好好好。

老人再次大叫一声，天哪，我咋个忘记了！老人从装蔬菜的塑料袋旁边的一个小袋子里，取出一个橘子来，送到我面前，连声说，快吃、快吃，我刚买的。

最近几天，我的胃，受不得凉的食物的刺激，老是隐隐灼痛。

老人又说，快吃一个，快吃一个！我瞟了一眼，老人的袋子里，一共有四个橘子。我想，老人买橘子时，估计是算好了的，孙子、孙媳、重孙、她自己，一人一个。

我说，好，我吃，我吃。我想，要是我不吃这个橘子，老人一定会很难过。我接着说，但是，我们一人一半哈，你不吃，我也不吃。

老人说，好，好。

我又看见，一双布满泪花的眼。

我靠好单车，将那个橘子剥开，拿出两瓣，递过去，老人忙伸出双手来接。我笑着摇了摇头，用一只手，挡住了老人的手，然后，将那两瓣橘子，送到她的嘴边。老人慢慢将少了牙的嘴，张开一个小缝，含住了那两瓣橘子，慢慢吞入口里。有泪水一下子走过老人的面颊。老人慢慢咀嚼起来，含混不清地说，真甜，真甜。

老人示意我快吃。我迅速剥下两瓣，放入口中，夸张地咀嚼起来，然后说，好甜啊。你真会买橘子，买的橘子这么甜。

老人一下子乐开了花，少了牙的嘴，没能包住橘子，一股汁水从嘴角流出。老人忙用手抹了一把，笑容溢满了她的脸。

我们继续前行。老人告诉我，她的家，在四川的边边上，邻近陕西，我知道，那里是川北。他们那里盛产木耳、香菇，家家户户都种。老人说，最好吃的是山里的野菌子，那得雨后到大山深处去采摘。老人说，不是吹，我在我们老家，一连翻越几座大山，都不得迷路。哪个山头出啥子菌子，老人都如数家珍。我连声应着，像一个迷茫的孩子，对老人口中的大山，充满了好奇。

突然，老人抬头看了看密布的高楼，不再说话。

雨终于停下来。老人孙子所在的那个楼盘，也到了。老人邀我去她家坐坐。我说，我还得去买菜呢，老人家，改天我一定来，37 栋，我记着呢。

老人连声道谢，说，一定要来啊，我喊我孙子，陪你喝我们老家的酒，我给你弄我们老家的菜！

　　大约骑出一百米后，我停下来，转过身去。老人还在刚才的地方。见我回过头去，老人便使劲朝我挥着手。一股复杂的情感，迅速遍及我的全身。老人那挥手的姿势，像极了我的母亲，在每一次离别的时候，母亲就站在老家的山梁上，这样向我挥着手！

　　我的泪一下子奔涌而出。母亲离开我们，有些年了，但是，我总会记得，她站在老家山梁上，目送我远行的身影！而今，母亲在天国，是不是可以找到，回家的路？

　　我没有告诉老人，我也是川北人，她所说的那一切，我都再熟悉不过了。但我不能告诉她，我必须像一个对大山充满向往的城里人，让老人有一块骄傲和自豪的领地！

　　我不敢告诉老人家，我之所以一开始就答应，一定为她找到回家的路，是因为，我是农村长大的孩子，我第一眼看见她，就有了一种亲近感。我今天送她回家，其实也就是，为母亲寻找回家的路！

山里冒出新典型

松林村放了颗"大卫星"，全县震惊。头儿命我立即前往，搞点深度报道。头儿的意思，最好不就事论事，越深越好，越全面越好，事成后论功行赏。

我便显出重任在肩的样子，迅速踏上征程。

松林村所在的玉山乡头儿亲热地接见了我，他与我一路同行，前往松林村。乡头儿告诉我，松林村离乡政府驻地30多公里，山路，不通车，只能步行。我便双腿发软。头儿便将"高帽"一顶一顶地往我头上戴。乡头儿介绍说，松林村的老百姓觉悟特高，本来多年来都靠政府救济，今年，富起来的松林村人为了感谢党和政府的关怀，在这次支援灾区中，没有人发动，也无人组织，老乡们便将自己家里的稻谷一背一背背到乡场上，低价卖给灾区人民，甚至有许多农民还不要钱，将稻谷送给灾区人民，这种精神，真的是太感人了。如果你们不宣传他们，不报道他们，就没有人能完成这高尚而又神圣的事业了。乡头儿又说，全村300多人，人均捐谷200多斤呢。

时近黄昏，我们终于赶到了松林村。乡头儿派出的头兵与村干部早已在一农户家等候了。此时的松林村鸟鸣阵阵，比脚宽不了多少的羊肠小道几乎被野草杂树覆盖了。农户的房屋多是土木结构，年代已经十分久远。屋内的陈设基本上看不出现代的气息。唯一能称得上现代的，是堂屋内结满蛛网的昏暗的电灯和屋内那台积满灰尘的小电视机。

当然是先解决"温饱问题"。桌上的菜全是乡间常有城里罕见的绿色食品。饭后，乡头儿说，今晚先住下，明天再采访吧。我忙说，今晚开始吧，上头压得紧，明天还要早点返回去交稿呢。

　　乡头儿便差人找来村民代表，供我采访。当时我十分惊诧，这样边远的小山村，村民都语出惊人，简直赶得上领导念讲话稿。我突然怀疑起自己的直觉来，难道边远的松林村并不边远？村民代表说着，我记着，乡村头儿们在一边提炼着，一篇有分量的报道，很快便起草完毕。

　　次日清晨，我想起头儿的重托，准备再挖点更深更全面的报道。我将想法说与乡头儿，看得出他一脸的不悦。良久，他才同意，并依然陪我同行。乡头儿说，主要是怕我不熟悉这里的路况，这么大个记者，走丢了不好交代。我没有让他陪同，一个人偷偷地溜出去了。我找了一个年纪与我相仿的年轻人做向导，开始了我的全方位采访。没想到，村民们像避瘟神一样躲着我，没有一个人愿意与我交谈。现在想来，还得感谢那位名叫东生的小伙子，他陪我走了一上午，见我一无所获，便说，这样吧，看你也是个实在人，你就采访我吧。反正我的父母都不在了，一到春天，我就可以外出打工了。

　　以下，就是东生告诉我的。

　　东生说，这次捐粮，纯属假的。乡政府派人下来说，要想将前几年的救济款领齐，每人必须背一百斤稻谷到乡粮管所，多背的有奖。于是，乡亲们为了领回本属于自己的、被拖欠了多年的救济款，便呼老吆小，将粮食背到乡场上。多了的，粮站说是陈谷子烂芝麻，说啥都不收。路那么远，大家又不好往回背，好多人都只好将粮食白白送给粮站了。东生说，昨天乡上派来一批人，在村里一家一家打招呼，说谁要是将这事捅出去，每家除了罚款外，还要扣发今后几年的救济款。所以，东生看了看我说，乡亲们今天只有躲着你了……

　　直到现在，我也说不清当时的心情。我记得我当时拿出写好的稿件，一点一点撕成了碎片，然后，将它们抛向空中，只见漫天的纸片如雪花般飘零……

卖　米

我是在老家的乡场上遇见二姐的。

二姐一把攥住我，说，好了，你回来就好了。二姐说，兰妹，走，陪二姐去办事。今天逢场，大爹（我父亲）他们都在街上，你现在回去家里也没有人。不顾我是否同意，二姐一把夺过我的行李包，放到街边的一个商店里。

二姐一路与人招呼，怪亲热的。我不禁感叹，就几年时间，真的就"儿童相见不相识"了啊。

二姐要带我去的，是老家乡场上的农贸市场。二姐说，走，看姐卖米去。一会儿我们一路回家。

从长这么大，我哪里在场上卖过东西啊。二姐不等我回应，继续说，放心，不喊你卖米，你就站在边上就行了。我笑了笑，说，天天在外面跑，哪里害怕这些嘛。二姐开心地笑了。

二姐老了。我突然发现，她的脸上满是皱纹，常年的风霜雨雪，在她本来就不太白皙且雀斑密布的脸上刻上了道道印迹。其实，二姐只是比我大几岁。她十九岁就结婚，孩子已近 10 岁了。前几年他们夫妻走南闯北，外出到许多省打过工，按二姐的话说，钱没有挣到一分，当倒是上过无数。二姐的意思，现在，就是打死她，她也不出去打工了。在家千日好，出门一步难。二姐常发出与她年纪不符的感叹。

来到市场，二姐径直走到粮油区，在几大袋米袋前停下来。给旁边的人说声谢谢后，二姐顺手从旁边拖过一条板凳，用手中的那张毛巾在上面使劲搭了几下，对我说，来，随便坐坐。这比不得你们大城市，没有那么多讲究的。

来了一个老太太，在二姐面前站住，看看袋里的米，问，是新米还是陈米？二姐指指面前的两袋米说，左边这袋是新米，一斤一块五，右边这袋是陈米，一块——斤。老太太问，新米一块三卖不？二姐说，行。老太太说，你这女子是个直性子，那就给我来 20 斤！二姐高兴地说，好。然后麻利地称秤，麻利地装袋，轻轻地将袋子放到老太太肩上，双手长长地伸着，看着老太太走出老远，才将自己的双手慢慢放下，目送着老太太在街道的转角处消失。

我说，二姐，你心真好。二姐笑笑说，没啥，那么大年纪的人了，应该的。

一个背背兜的胖男人看看二姐，又看看袋子里的米，问，是不是新米？二姐说，都是新米啊，不是新米，哪个这么远背起来卖哦。不是新米，哪个买嘛。你看你这么大个老板，我还敢骗你吗？老板抓起二姐左边袋子里的米，在鼻子前闻了闻，放回去了，然后，又抓起右边袋子里的米，在鼻子前闻了闻，放下了。二姐说，我晓得你是大买主，刚才有人称了 50 斤，我一块六卖的，我知道你买的多，就一块五一斤，你看咋样？老板说，一块五？哪里这么贵哦。二姐忙说，好说好说，我晓得你长期要照顾我的生意，你看我们这么远背来也怪苦的，如果买完，一口价，一块四！没法再少了。老板看看二姐，又看看我，说，好吧。你这女子还是比较直爽的，生意人就该这样。

老板叫来一辆人力三轮车，与三轮车夫一起将袋子用绳子套牢，抬起过秤。二姐踮起脚尖，看见秤杆高高翘起，忙说，再往后移一点，再往后移一点。哪里称那么红哦。然后算账收钱，看着那两人把袋子抬上车，走远。

我问二姐，那人你认识？二姐说，我认得他，他不认得我。是场上开饭店的。

我说，你为啥把陈米新米卖成一个价啊。二姐吃惊地看着我说，不是书念傻了吧？开馆子的，哪里管得了那么多？钱弄到手才是硬道理！

我不好意思地看看二姐，问，没有米了吧？

二姐朝四周望了望说，等等看看再说。

我便只好坐下。心里有点儿不是滋味。

突然，二姐说，快！话音未落，二姐从背后的靠墙处又拖出两袋米来，麻利地打开袋子。我一下子就傻了。我在心里嘀咕，看来，得陪二姐卖一天米了。二姐用倒肘拐拐我说，精神点！我便坐直了腰。

来的是三个小伙子，都是一身工作装，头发上还飘了点彩，一看就是那种喜欢混的。他们东瞧瞧，西望望，然后径直走到我面前，停住了。手在米袋子里胡乱地抓着，眼睛却直勾勾地盯着我的脸，怪腔怪调地问我，妹妹，多少钱一斤啊。我正要发怒，二姐忙说，她这袋是陈米，一块六一斤，我这袋是新米，二块一一斤。

三人齐刷刷地朝二姐看去，然后迅即转向我，又怪腔怪调地说，我看你是陈米，这妹妹嘛，是崭新崭新的新米哦。尔后一阵浪笑。二姐说，不信算了，我晓得你们不信。反正我说的是实话！不信拉倒！我欲言又止。几个家伙嘻笑着说，妹妹的再贵，我们都买！妹妹，你说哥几个说得对不。我在心里想，难道我这么多年的书白读了，还怕你们不成？

我压了压嗓子，柔声说，买可以啊，两块钱一斤卖给你们都成，但是，必须两袋米一起买！三人又拉长声音说，多爽快的妹妹啊，成交！三人便慢吞吞地过秤，慢吞吞地数钱，不惜用空闲直勾勾地盯我。尔后，在远处一个开车人的声声催促下，才打着口哨摇摇晃晃地离开。

二姐朝地下吐了一口唾沫，说，跟老娘斗？你们还嫩点！二姐对我说，这几个是钻井队的采购员，上一场就是他们，硬说我的米全是陈米，只给一块一，打死我也不卖给他们！

昨天大爹说你今天一早就从成都放假回来了，所以我大清早就到了场上，在车站来接你，老娘不信治不了他们！

二姐说，兰妹妹，你就是我的福星哦。她一把抱住我的肩，说，快先给大爹打手机，然后去取你的宝贝包包，姐请你们下馆子去！

卖 蛋

　　回到家时，天已经黑了。这次一放假，我就赶了回来，父母自然十分高兴。因为，去年春节，学校有活动，我没有回家。今年暑假，我在外地实习（其实实习一完，我就陪我的男友海回他老家去了。我一直不敢将男友带到我的老家，我怕老家落后的自然条件，会让他对我的情感大打折扣。），也没有回来。加之最近我们都在四处求职，老是落实不下来，便决定回老家看看。算起来，我已经一年多没有回家了。

　　在听完二姐卖米的故事后，母亲说，二女子就是鬼精灵，这样的鬼主意，也只有她才想得出来。母亲叹息一声说，也好，给我们兰兰破了胆，敢上街卖东西了。母亲看着父亲，眨眨眼说，明天，兰兰与你爹一起卖鸡蛋去？

　　我忙说，妈，你硬是，人家哪里会卖东西嘛。那么多鸡蛋，你叫我什么时候才卖得完啊。

　　父亲和母亲同时笑了。母亲说，那哪里成，帮你二姐卖米就行，自己家的事情，就不好意思了？

　　我佯装一脸的不悦。

　　卖鸡蛋，我是再熟悉不过了。

　　我的老家在川北山区，经济落后，多年以来，鸡屁股就是一家人的银行，家里的油盐酱醋大多靠卖鸡蛋来维持。记得我很小的时候，常看见母亲逢场天提上一个竹篮，在篮子里面放上稻谷壳，然后在上面轻轻放上鸡蛋，一路小心提着，去场上卖了，就可以换回油盐酱醋，换回我们喜欢的糖果糕点。等我们再大一些，到处出现了许多养鸡场，我家那几只老母鸡产下的蛋，就变得很不畅销。人家管我们的鸡蛋叫山药蛋，

因为我家的鸡蛋个小，有时蛋上还脏兮兮的粘着几点鸡屎。每次上街前，母亲都要用湿毛巾将鸡蛋上的污迹擦拭干净。

后来，养鸡场的鸡蛋慢慢没了市场，人们已经回归自然，寻求绿色与环保。饲料养的鸡产下的蛋，不管个头再大，也没有多少人喜欢了。于是父亲叫我买回了大量养鸡的书籍，将原来用来堆放杂草的屋子，改成了养鸡的场所。父亲一直坚持给鸡吃粮食，所以，产下的蛋特别走俏。只要是父亲一上街，带去的蛋很快就被抢购一空。后来，有几个养鸡场的老板与父亲商议，让父亲将他们场的鸡蛋当自己家的鸡蛋卖，除多出的部分全部给父亲外，每月还固定给父亲发补助。父亲坚决不答应！为这事，父亲还给我打来电话，父亲说，兰子，你给评评理，人咋个有法做那样的事情？你老汉是那样的人吗？为此，父亲还生了几天闷气。

后来，父亲叫我在成都给他买回了更多的养鸡的书籍。母亲在电话里对我说，你老汉像是着了魔，天天都抱着书本看，半截都入土的人了，老是不晓得消停。我笑着劝母亲，老爹喜欢读书是好事啊，估计他是想把以前缺席的补上吧？我在心底对父亲喜欢学习的劲头大加赞赏。

第二天一早，母亲就笑眯眯地喊我，快起来啊，上街卖鸡蛋去！

我心里十分难为情，但想到自己这么大了，只好显出十分高兴的样子，准备随父亲前往。不经意间，看见母亲在偷偷的乐。我感觉怪怪的。

我知道现在家里养的鸡不少，上街去卖蛋无法乘车，须步行背去。我换上以前的旧衣服，问父亲，鸡蛋放在哪间屋里的？父亲笑了笑，没有回答。

母亲还是笑眯眯地说，等会儿你尽管跟你老汉走就成。

我环顾四周，没有看见一只鸡的影子，以前那间养鸡的屋子，在去年的地震中，早已夷为平地！那里长满了嫩绿的蔬菜。

母亲说，老头子，够了，就不要再磨蹭了，快带兰子去吧。

父亲大声说到，好呢，让我们的大学生，视察视察去！随后，父亲便一路哼着小曲，在前面走，我与母亲随后。母亲说，兰子，你一回来，看把你爹高兴的。我笑着点了点头。

当走到幺爸家房后时，父亲停下了脚步。他对母亲眨了眨眼，母亲哦了一声，然后孩子一样认真地对我说，闭上眼睛，跟我走，不许偷看！

我从心底涌上了一种无法言说的激情，多少年了，父母都没有用这样的语气与我说过话了。我像小时候一样，乖乖地闭上眼睛，乖乖地牵着母亲的手，慢慢随她前行。我的泪一下子涌了上来。

大约走了三十多米，我们都停了下来。父亲说，好了，准备，一、二、三，睁眼！

我慢慢睁开双眼，眼前的一切，令我惊讶万状：我的眼前，密密麻麻展现着的，全是跑来跑去的土鸡，它们那特有的毛色，在阳光下闪着五彩的光，这是一个硕大的露天养殖场，幺爸家前面这一大片斜坡，成了他们天然的游乐场。在场子的外围，用铁丝网架起了高高的围墙。父亲看着我的表情，十分满足地感叹到，你买给我的那些书，没有白买吧？我早就激动莫名，无法言语了。

父亲说，走，看看你今天要卖的鸡蛋去。我暗自着急，这么多鸡，得有多少蛋啊？叫我怎么卖得掉啊？

在幺爸的房子里，好几间都搭起了无数架子，统一包装的鸡蛋们，有序地躺在架子上的纸箱里，每一个鸡蛋上，都有一个绿色的商标。墙上挂着一个吊牌，上面写的是"九龙山跑山土鸡养殖专业合作社"。父亲告诉我，幺爸在场上买了房子，这老房子就派不上用场了，父亲每年付给幺爸一些租金，一来解决了场地问题，二来幺爸的房子也不存在长期无人照管。他们这个专业合作社，是在县上挂得上号的，养的鸡还是不喂饲料，让鸡自由在山上跑，所以叫跑山土鸡，那鸡蛋，是有注册商标和绿色食品标志认证的，直接销往县城和县城以外的许多大型超市……

这时，桌上的电话响了，父亲示意我接。里面说找罗主任，我茫然地看着父亲说，打错了，人家找罗主任。父亲说，没错没错，就是找我的。接完电话，父亲告诉我，刚才那人是邻县的，是来运鸡蛋的，要了好多回了，没办法啊，没有那么多啊。现在天天都是订货的电话，不好办啊。

我悄悄跑出屋去，掏出手机拨了一个电话。

没错，聪明的你猜对了。电话是打给我男朋友海的，我要他马上出发，朝着他早就想去的方向，按我指定的路线前行！

地砖高悬

我们就这样一路雀跃欢呼。

父亲说，三十几岁的人了，一点儿也不稳重，咋老像个孩子似的。

我与妻相视一笑，拉上猴子般欢跃的儿子，向前一阵猛跑。

这是春节前一天，我们一家人早早回到故乡，回到那个群山环抱的农家小院。一场雪突如其来！我们一家前所难有的异样欢乐也突如其来。我们居住的小城，多年都未见过雪了，我提议说，到野外去走走吧，便引来一阵欢呼。

我说，到我们村的小学校去看看吧，十几年了。妻连声应着，好，好！儿子都十几岁了，还不知我们原来读书的学校啥摸样呢？正好让他受受教育。其实，我心里最想的，是去见一见我的老师，十几年后再次在母校重逢，该是怎样的一番境遇啊！

只要是往雪地上走，儿子说，到哪儿都一样！

父亲也泛起孩子般的激情，与我们同行。我们便与欢乐一起，沉醉在白白花花的雪原。欢乐的间歇，我便给儿子讲了些以前的事。

我和你妈妈是同乡、同学，一起在村小学校度过了少年时光，那时候，我们的教室是靠各家各户捐来的木头、竹子、瓦修建起来的。环境十分简陋，条件相当艰苦。儿子打断了我的述说，老爸，都啥年代了，还翻你那些旧事！

他见我脸色不悦，换了种口气说，老爸，你的学校，还有没啥稀罕事，说来听听吧！

我看了他一眼，说，我们有个老师，名叫王诗蜀。说到这里，我心中一阵酸楚。王老师教了一辈子书，我与你妈妈能从这里走出去，他那

几张地砖功不可没！

地板砖？儿子说，地板砖有啥稀罕的，城里遍地都是！

是不稀罕！我平静地说，但在二十年前，在这样的山村，就是极稀罕的了！那几张地板砖，高悬在我们教室的墙上！那也是一个大雪纷飞的冬季，王老师在山东当兵的弟弟回来了，带回了王老师千叮万嘱的东西——四块书本大小、雪白闪亮的地砖。王老师告诉我们，在城里，所有的人都用这种砖建房子，地上、墙上、屋顶上全是这种砖，配上五颜六色的灯光，人就像在皇宫里走！皇宫我们谁也没见过，但我们谁都知道，那是当时我们认为世界上最美丽、最令人向往的地方！王老师问我们，喜不喜欢这样的房子？我们齐声说，喜欢！王老师说，喜欢，喜欢就要好好学习！农村的孩子，只有努力学习，才能见到和住上那样的房子！

教室里一片寂静，我们真切地听到了雪落的声音。

王老师走出屋去，在雪地里调了一些泥，然后回来，让我们全体起立，他极庄严地将那四块地砖贴在了黑板旁边的墙上。当时，尽管四野全是积雪，我们总认为，雪地的颜色，远不如地砖那么洁白而令人神往！

地砖还在吗？儿子显然来了兴致。父亲忙说，在！在！重修学校时，有领导要推倒那地砖，王老师不同意，日夜看着，后来，上面更大的领导来了，听了王老师与地砖的故事，不但不准拆墙，还将那地砖进行了加固、装修，而今，成了校内的活教材呢！王老师现在有60岁了，但还没有退休，今年春节，到成都他儿子家过年去了！

在离那面墙约五十米的地方，我停下了。

我说，你们去吧！全家人都觉得我莫名其妙！

我想，经过装修的那些地砖，再也不是我心中那些神圣的令人神往的地砖了，与其那样，不如让那些神圣永远留在我心底！心驰神往的，让他永远保持那份神秘吧！

我想，二十几年前乃至最近的一些年，王老师用地砖，指引了我们的同学和校友们奋斗的方向，现在乃至将来，王老师或新一代山村教师，他们用什么，指引这一代又一代山村儿童？

我脑子似茫茫雪野，一片空白……

恋在身后

那时，我正与妻在锦里散步，细密的雨，如丝，自天空徐徐飘下，轻抚着我的脸颊，滋润着我的发丝，像极了有情人之间的短信，激起了些许的快意。

她的电话，就是在这个时刻、在这样的氛围里打进来的。

她在电话里，叫出了我的名字，但我的手机显示，与我一样健忘，它无法准确地向我表述她姓甚名谁。

我一时茫然。她让我猜猜，猜猜她是谁。

我交际性地回答，对不起，我实在猜不出来。

她缩小了范围说，你再猜猜？同学，女的。我的女同学成百上千人，我无语。

她几乎是在引导我，老家的。我一边礼节性答应着，一边让我在老家的数十位熟识的女同学的脸庞，电流般划过我的脑海。我实在猜不出来。此时，天空吐净了雨丝，涩涩的，色泽黯淡。

还没有想起？对方在追问，言语里有了少许娇嗔。对方长叹一声，哎，那就算了吧。看来，你还真的忘记我了。

我一下子豁然开朗。我知道她是谁了！我忙问她，你还好吗？这么多年了，你在哪里啊？话筒里出现了片刻的宁静。

还好，她说。你还好吗？她的声音依然如昨。你都来这个城市三年多了，怎么不与我联系一下呢？你的家人呢？都好吧？孩子多大了？在哪里读书？……

她一连问了我十几个问题，我心微澜。

挂断电话后，妻看着我问，谁的电话啊？你看你喜上眉梢，满脸

红霞。

我说出了她的名字。

妻异常诧异，这么快啊，说着说着就联系上了？

我感觉我的脸上可以煎熟一个鸡蛋。

几天前，妻还在我们的老乡聚会上，说起过她的名字。妻说，其实，有机会，大家还是聚聚，这么多年过去了，有什么啊？那时候的情感，多么纯真，多么无邪，多值得珍惜啊。在这样的大都市，多几个老乡，相互往来，有什么不好？

妻看了看我，说，还害羞？你们见见面啊，这么多年了。

我无从应答。我看了看妻，她显得十分认真。我无言地摇了摇头。

锦里的一条小巷，到了尽头。妻依偎着我，慢慢往回走。

细想起来，那是上世纪八十年代末的事情了。那时候，我与她都在老家的一所中学就读，像众多同龄人一样，我们一不小心就跨入了"禁区"，我们偷偷地书信往来，谈理想、谈人生、谈未来，甚至谈到了家庭。一件微不足道的小事、一个细枝末节的情节，都可以成为我们书信往来的谈资。我们暗地里在生活上相互帮助，在学习上互相较劲。除了书信往来，我们甚至奢侈地在一天下午，在老家学校外那唯一的一条公路上单独见了一面，面对面地说了三句话。

那时候，尽管资源匮乏，信纸紧张，但我们依然乐此不疲，想尽一切办法，买纸，写信。

后来，我去了另外的一所学校就读，而她，去了县城的一家当时很红的工厂上班。我们依然书信不断。

至今，我也找不到原因，我们在什么时候，慢慢就失去了联系，为什么失去了联系。

好像是，我们一直有这样的错过：我回到故乡小镇工作，她依然在那家工厂上班；我到了县城上班，她们的工厂倒闭，她回到了故乡小镇；我去了市里上班，她到了外地打工；我来到现在这座城市，偶然知道，她在这个城市，也很多年了……

尘封的记忆，如锦里小街上的楼房，斑驳陆离。此时，停了的小雨，不知何时又开始飘飘洒洒，在我的脸上、头上汇集起来，颗颗欲滴。

怎么说呢？现在回想起来，要定格一段情感，是需要勇气的。历史不可忘记。当我们在匆匆前行的路上，突然转过身，慢慢回想，就会看到或想起，许多的美好与遗憾，在快乐与绝望的时候，显得多么无惧或多助。

我是把那段情感，一直当作初恋的，无论何时，我都会感觉到它的存在。这些年，我从小镇到省城，搬过无数次家，许多东西，都无可奈何地离我远去了，但我们学生时代那厚厚的一摞书信，一直随我，忠贞前行。我时常会在不经意间，翻开那些物件，沉入我们渐渐淡忘的蓝黑墨水、纯蓝墨水、碳素墨水发出的淡淡清香中……

而今，我们都已过而立，直奔不惑之年。我们对待事物，虽依然不乏激情，但早已少了年少时的冲动与轻狂，多了几分成人的理智与稳重。我们在后来的几次电话联系中，都显得那么平静而自然。

锦里的这一条小巷，又快走到尽头，前面的小桥处，是一个岔路口，妻问，你看，往哪里走？

我环顾四周，指了指离我们最近的那条路说，就这条嘛，总不能又原路返回吧？

妻看看我，默不着声，但我分明感觉得到，她挽我的手，用了一些力，她依偎着我的身躯，朝我这边，再靠了靠。

不知何时，居然起了小雾，我回过头去，见来时的那条路，有些泥泞而模糊了。

常结巴子

常结巴子五岁时打错了针，幸亏他娃儿命大，才活到了今天。

当年，常结巴子打错针后，不哭不闹，一双眼睛半睁半闭。喂他东西，不吃。用力掐他，不叫。他爹一气之下，将他丢进了云盘梁的竹林边的那个岩壳里。

他老妈哭得哑了声。他老爹说，哭个卵，又不是只他一个。

半夜，他老妈偷偷起床，打上手电筒去房后偷看，常结巴子居然还是一双眼睛半睁半闭。就又捡回来养起。

虽然落下了结巴的毛病，但他那条小命终归是保住了。

说起来，也活该他娃儿命苦，九岁时，常结巴子去村小学校读书，几个月下来，教他的老师死活不让他在班上读了。老师说，这娃儿太莫得家教了，老师说一句，他学一句，他太不把老师当长辈了。

他老爹老妈带上自家的特产去说情，好话说尽，老师死活不收。老师说，要么他走，要么我走！你想想，常结巴子何方人物啊，人们咋个可能让老师替他让步？

常结巴子对此事至今都耿耿于怀，他常对人们抱怨，狗、狗日的老、老师，太、太霸道！只许他、他结巴，不、不许，老、老子口、口吃？

人们便一阵哄笑。

后来，有人在云盘梁附近的一家酒厂给他找了个添柴加碳的活路，厂里下煤、上粮的活路都是他包了。人们老是看见他吭哧吭哧背东背西，乐此不疲。一月下来，除了正常工资外，常结巴子总比别人的工资多出几十块钱来。

有人便不乐意了，要加入他的行列。常结巴子咧开他那张满是黑牙的嘴巴说，人多热、热闹。来、来嘛。

人是增加了几个，但干活路的大都是常结巴子一人，那几个一般都是打打下手，坐在一边摆闲话。

时间长了，有人就看不惯了，就教常结巴子，喊他不要那么莽。都是拿一样的钱，为啥子你要多干那么多的活路？

常结巴子就笑了，管、管他的，不、不是外人，不累，不、不累。

那几个人便狡黠地笑。

过了几天，大家才知道，那几个是给常结巴子许了愿的。几月后，那几个真的就兑现了愿言。

那天，常结巴子面红耳赤，专门去了趟理发店，专门买了一套崭新的衣裤，夹脚夹手地在厂里窃窃地走。

后来。果然有一个歪嘴女人常来厂里看常结巴子。

时间长了，人们就问他，结巴子，多久结婚嘛？你们那个没有嘛？

常结巴子就傻傻地笑。尔后一个人在一边抽闷烟。

不久，常结巴子买上一条红梅烟，缠了乡上管土地的老陈三天，老陈才在云盘梁下靠河边的地方给常结巴子批了一小块土地，同时告诉他，只能在河面上打主意。

常结巴子就又满面春光！

他拿出自己的积蓄，找七大姑八大姨们借了些钱，开始在河面上打地基了。

说来也怪，就在常结巴子打好河面上的那几根立柱的当天下午，就有人发现了一个天大的秘密，然后一嗓子吆喝开了，有龙过河了，有龙过河了！

不到半小时的工夫，常结巴子那几根立柱所在的那条小河沟便挤满了人！人们真切地看见，就在常结巴子所打的那几根立柱的根部，有龙游走的痕迹，那龙形清晰可见，绕着那几根柱子转了一圈！

云盘梁最权威的风水先生捻须晃脑地说，此乃真龙穴地，必出将门虎子！这神龙走过的地方，必须要静留三天，如若有人惊了神龙，子孙后代祸患无穷！

常结巴子即刻双膝跪地，仰天大哭！他感叹老天有眼，祈求神龙

保佑！

他即刻从小卖部买了手电、饼干，坐在河边寸步不离地守护。

第二天，来到河边要给常结巴子提亲的人一路一串的，常结巴子说啥也不答应。他摇头晃脑、结结巴巴地告诉大家，当务之急，是守护真龙穴地，修建楼房，就是皇帝的女儿，也不同意。人们只好悻悻地离开，直骂常结巴子没阔脸就变，不是好东西！

就在第二天晚上，常结巴子在迷迷糊糊中，听到咚咚几声水响，常结巴子大叫一声不好，便狼狗一样窜到柱子下去看。电筒光下，一股股浑浊的河水正缓缓向下流淌，河底下哪里还有龙的影子？

常结巴子一声天爷爷啊，便猪嚎般拉起了长腔。人们无比快速地挤到了小河边，把句句感叹留在了那里，留给了哭得半死的常结巴子。

没有人再在常结巴子面前提提亲的事。

常结巴子一边半死不活地上班，一边不情不愿地修建他的楼房。

一周后，还是先前介绍的那个歪嘴女子主动上门来，帮助常结巴子打理工地，说无论如何，也要嫁给他。

几年以后，常结巴子的女人给他生下了两个孩子，儿子傻，女儿哑。

常结巴子时常叹息自己的命不好，要不是当年有人害他，他两个娃儿肯定能成龙成凤！

多年以后，常结巴子那个歪嘴女人疯了，她逢人便说，是自己毁了这个家，当年，自己不该"头发长见识短"，把那几个石头掀下河……

清洁工秦毛子

在云盘梁及其周边，如果谁被大家叫做啥"娃子"、啥"毛子"的，绝对是个人物。不敢说人人皆知，至少称得上家喻户晓。

秦毛子就是这样一位。至于他的大名，估计没几个人知道，那次邮递员拿着一封信，按地址送了三天，也没有找到收件人。结果秦毛子一看说，这是我的信嘛，名字是我的，地址是我家的。在场的几个人才知道，秦毛子其实有个很文雅的名字——秦德民。

话扯远了。

秦毛子是十几年前当上离云盘梁不远的那个小镇的清洁工的。那些年，秦毛子奔南跑北去打工，钱没挣到几个，倒背了一屁股账。当时，镇上的老书记说，秦毛子，干脆不往外面跑了，你来把场上的垃圾打理好，每个月给你发几十块钱，比你娃儿东奔西跑的强。秦毛子说，扫垃圾，好下贱哦。老书记就不高兴了，其他人要扫，老子还不答应哦，看你娃儿实诚才喊的，真不知好歹！总比你娃儿在外面回来一顿吃两斤干面强吧？

秦毛子就低头答应了。确有其事，秦毛子那年去山西挖煤，煤老板跑了，一分钱没有拿到，回来在火车上，三天只喝了一瓶矿泉水，回来人都饿晕了，一顿吃了两斤干面！

就这样，秦毛子开始打理街道上的垃圾了。秦毛子办事认真，扫垃圾任劳任怨，一段时间下来，小镇上的脏乱面貌大为改观。大家常常看见，秦毛子在扬起的灰雾里，灰头灰脑的清扫垃圾；在斜着的弯道上，拉着一斗车垃圾，吃力地往垃圾场去。人们都说，老书记做了一件功德无量的事情。

秦毛子爱帮助人，哪家的蜂窝煤用完了，只要喊一声，秦毛子就会放下手中的活计，乐颠颠地帮着扛回去；哪家的灯泡坏了，只要喊一声，秦毛子准会前去安好；哪家人买了新的家具搬不动，准会喊秦毛子前去搭一把手；哪家人有个红白喜事，秦毛子一定会不请自来，穿梭在帮忙的人群中！后来，有时候，如果哪家人没有时间去接送读幼儿园的孩子，甚至会喊秦毛子帮忙接送，哪家老人生病住院，儿女忙不过来，也会喊秦毛子帮着守护一会……

秦毛子几乎成了小镇的全才，人们有时候觉得，可以没有某些单位，也不能没有秦毛子了。

我所说的"哪家人"里面，也不全是小镇上的居民，更多的是镇上的一些领导。秦毛子常常可以从各个领导家里进进出出，帮忙打理一些领导们家里的零碎活。领导们自然也不会让秦毛子吃亏，一些用不完的诸如洗衣粉肥皂之类、一些吃不完的诸如腊肉土特产之类、一些穿不完的诸如旧衣服鞋帽之类，便顺手给了秦毛子。长期下来，领导们也觉得离不开秦毛子了，便不再拿他当外人看，说些什么话，摆谈些什么事，就不会避开他了。

自然，秦毛子就成了小镇上的消息灵通人士。哪个领导要调走，哪个干部要提拔，哪些单位的领导要换防，秦毛子准会提前知道。后来，人们有事情，就会去找秦毛子打听。秦毛子一说一个准！那时候我还在小镇上做办公室秘书，有人就打趣地说，骆秘书啊，你还在政府呆着，你有时候还不如秦毛子的消息灵通呢？

时间长了，秦毛子喜欢来我的办公室闲逛。秦毛子说，他就是喜欢和有知识的人打交道。他对我几乎无话不谈，按照他的话说，我比他的亲兄弟还亲。这话没有错，直至现在，我依然保持着与他的联系。那些年，他常常拿着我家的报刊杂志去读，若遇到有我的文章，他会一字一顿地读给旁边的人听，极幸福的样子。后来很多人知道我会写点东西，大多是秦毛子义务宣传的结果。

后来，我离开小镇，去了县城工作、去了市上工作，来到了目前的地方工作，我与秦毛子，一直都保持着联系。这些年间，秦毛子先是买下了小镇上一个单位的一层楼房，后来又卖掉了那层楼，在小镇上紧靠

常结巴子修房子的那条小河边，修起了一栋五层高的楼房。再后来，秦毛子来到了云盘梁脚下，买了三间门面，两套住房。

当然，他不再干小镇的清洁工了。而今，他就靠他那三间门面的租金，保证一家人生活的来源，秦毛子有时候会骑着他那辆摩托车，往返于云盘梁景区与火车站之间，他告诉我，他一天，生意再孬，也可以挣上一百多元。更多的时候，他就去吃点麻辣烫，喝点跟斗酒，打点小麻将……

人们对秦毛子发得这么快，有很多猜测：有人说，秦毛子那年帮一个领导搬家，捡了一大包钱；有人说，那年小镇上来了几个豪赌的，警察来得急，那几人为了销赃，把一箱子钱从窗子上扔出去，刚好被秦毛子捡走了；还有人说，秦毛子抓住了某领导的辫子，某领导为了封口，给了秦毛子一笔钱……

有人问我，老骆，秦毛子和你关系好，你给我们说说，哪一个版本是真实的？

我满怀怨气地对那人说，你问我，我问谁去？

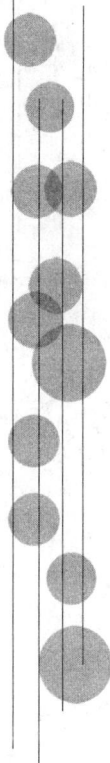

儿 子

陵新近真的有了一个儿子。

给他生儿子的女人名叫娜。娜名美人也秀，听说，是头婚，工作单位挺热门，每月薪水加奖金在千元左右。

陵原本是有过婚史的，前妻叫菁，清秀朴实，本分，是不多言语不添乱子的女人，街坊邻居都这么说。

其实，陵也舍不得那个菁。可结婚八年了，菁却未能给他添个小的，来点惊喜。去那家权威医院检查过几次了，每次菁总要与医生嘀咕几句。结果出来，都是双方正常。

陵觉得是菁从中做了手脚，就打算与她分手。菁搬走那天，哭得很伤心，对他百般爱抚，欲言又止。

最后菁送给他一个小铁箱，说如果陵还认为与她有过那么几年的话，就再尊重她一回：过几年再打开看。

陵真的就两年未动过那箱子。

自从娜给陵添了个儿子后，陵欢喜有加，整天乐得像弥勒佛似的，他有时想站在小城那座最高的山顶上去高吼几声，有时又想抱着自己的娜哭泣一场。他打心眼里觉得，娜无论哪方面都比菁好些，就连她的缺点。比如妆化得太浓，香水味太重。比如晚上对自己有些冷淡，家务事很少沾手。

于是陵更加认为，自己当年的选择具有伟人风度，是明智、高深和有力度的！

微不足道的是娜经常要加夜班，晚上经常不在家，今晚又是。他好不容易哄睡了小家伙。每次下细看时，总感叹娜咋就这么能耐，小家伙没有哪一点不是自己的再现。

陵在陶醉之中不由想起了前妻菁。哎，这个苦命的女人，现在在哪里呢？

陵猛地想起了菁送给他的那个小铁箱，三年来，在床底躺着从未动过。

陵擦掉小铁箱上的那层厚厚的灰尘，里面躺着一条红色的纱巾，那是自己送给菁的第一件礼物。哎，这女人！陵拿开纱巾，下面是一张对折过的纸。陵打开来，是一张自己从未看见过的体检报告单：王陵，生殖系统多处严重挫伤，终生不能生育。

落款的时间是九年前的日子。医院是陵与菁去过多次的那家权威医院。

陵猛地忆起，自己九岁那年曾从山岩上滚下来。一根树桩插入过自己的小腹，另一根树桩插进了自己那家伙的根部……

陵的眼前复杂地往复着三个人：娜，小家伙，菁。

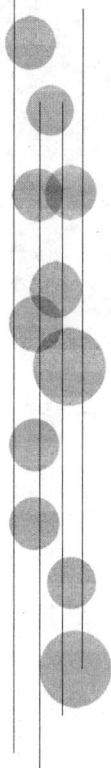

在为民路上

　　这是飞虫肆虐的五月的一个黄昏。天空还是那种永久的色彩。没了风，也没有雨，饥渴的小城像失血过多的产妇，一副病得很重的神色。街道上的行人晃来晃去，如只只漫无目标的飞虫。车辆穿梭着叫嚣的声音，压过了燕子的叫声以及我屋中电视的演说。

　　我的阳台，就在这样一个城市里悄无声息地悬着。我在阳台上发现那惊人的一幕的时候，街道上还蜂拥着人和车。好心或好奇的，驻足看一看，其余的，高昂着高贵的头，旁若无人。

　　起初，听到嘈杂人声的时候，我把头移出去，没看见什么，因为那时人群正好离我约百米。我虽居高临下，却不能顺心畅意地俯视。平平地展开目光，恰好看不见人群中的目标，只得复坐回来。

　　我的脚昨日因车祸，伤得不轻，上了药，绑了胶布，难得动弹，妻加夜班，将孤苦的我交给了阳台。

　　当我再次抬头的时候，读到的已不再是一片空泛，而是直播的现场了。因为目标又朝我这边挪了几十米，所有的现场一下子展现在我眼中。目标其实很单调，一个三十多岁的女人，赤裸了下身，交腿坐在大街的中央。

　　事情的起因就这么简单，中心就是这个女人。

　　我一下子被震慑了。不敢再看。

　　一个女人赤裸了下身，也就等于展现了三分之二个自己。是什么原因？我一时疑惑。

　　果然，人群中发出的信号正是我所需要的信息。

　　我迅速扶住阳台，以最大的毅力挪到阳台的另一端，此时，正好是那舞台的上方。

那是一个不算太丑的女人，姿势已由坐变成了睡，一条裤子远远地在她的身后。她匍匐着，头发恰到好处地掩住了她的脸，燕尾服也妥帖地护住了她的臀部。

或许是疯子吧，那舅子，咋就在大街上。一个老妇人颤微微地开了口。感叹连天。

疯子！还是啥子哟！疯子哪能那么干净。一个声音在附和。

不是疯子，那你说是啥？又有人问。

人群哑然。

我看哪，哼，是个"猫"！干完事没给她钱，就撵到街上来了。一拉扯，就扯了裤子。一个四十多岁的胖男人粗声粗气地说。我从街那头上来，就看见还有一个女人在追一个男人，莫不是那个女人跟她是一伙！胖男人有根有据。

对头，对头。我刚才也听到女人的叫声。出来的时候，就看见这个女人躺在大街上。

不可能。不可能。一个嘴皮像发过酵的女人说。裤子又不远，她咋不晓得去拿来穿上。

说得轻巧，一根灯草。一个浓妆艳抹的女人牵了条狗，你不穿裤子到街上走几步看看！

人群中又没了声响。

夜风拂过，小城的街灯亮了，残黄的光斑斑驳驳，撒在地上，地上就变成了舞池，人也就都成了斑马或梅花鹿，只不过从各家舞场里挤出来的曲调太杂，搅乱了舞者的脚步。

人还是有那么大一圈，如水般来来去去。这时，各式的车灯打着长长的手电从人群中走过。人们下意识地潮水般退到街的两边，怯怯地张望。

过来的是一辆高级小车，我一看就知道是哪家的，因为我坐过。车中首长席上那个胖胖的架着眼镜的男人从车门上伸出头来看了一眼，便风一般掠进我所站的阳台边的大门，再也没了音讯。

我心里不觉一紧。这位万人尊敬的先生，想必也有上下班时间，八小时以外的事，或许根本就不该他管。

一群学生走过来了。今天是周末，是他们挥霍青春的日子，或许是难得的空闲玩得很尽兴，说说笑笑好不开心，一些极为不宜从他们口中说出的话题肆无忌惮地涌出，夸张而野蛮。

车还是来来往往地过，人还是一拨一拨地走。我不能再往下看，倒不是因为脚。

我迅速拨通了派出所的电话。里面是一个年轻而粗壮的声音，当我将所看到的一切讲到一半的时候，话筒里刺耳的荡笑早已容不下我的声音从里面穿过。

哈哈，你去找条裤子给她穿上就是嘛！

我一个大男人，不太好去。我颇为难。

怕啥？男子汉知难而上嘛！

话筒里男女的浪笑令我震惊。

一个声音较稳重地传过来。这事不该我们派出所管，市容市貌这些嘛……随后是一个烦人的饱嗝，你找找民政、妇联或其他单位吧。

我忙说，主要是来来往往的车多，怕出事。

车多我们也管不着，只要没压死人。对方冷冷地说。话筒里传来"爆米花"的声音和杯盏相碰的声音。

我只好寻找民政局长的名片。去年我采访过他，那是一个挺和蔼的老头儿。

接电话的是个女人。她另外告诉给我一个四位数号码。

我家的电话响起后，里面传来的是那首《爱江山更爱美人》，那唱腔令人大生尿意。局长远没了那次的和蔼，言语之中洋溢着诸多的不快。他老人家的意思，让我找找妇联，或许对口一些。

我前前后后折腾了近半个小时，最终的结果是只好瘫坐在沙发上，如一只泄气的皮球，任人踢来踢去。我站在阳台上去的时候，夜黑得更深了。没有一丝儿风，路灯上厚厚地围了一堆虫子。此时的街道上，也正上演着同理的剧幕。

我坐立不安。我六神无主。

你去找条裤子穿上就是了嘛。电话里那个粗壮的声音复又响起。

这的确是个好主意！这可亲可敬的小兄弟，居然随口说出那么精明适用可施可行的点子，想必日后定是个不可多得的人才！

我迅速从衣橱里取出妻的一条裤子，挂上妻临时为我找的拐杖，向楼下走去。

此时的脚似乎不疼了，我依仗拐杖的力量，终于靠到了目的地。

我四下望一望，将求救的目光在人群中搜寻。

请你帮她穿一下好吗？我对面前一位三十多岁的胖女士场了扬手中的裤子。

哼！要穿自己穿！多管闲事，白痴！女人愤愤地说，沙沙，我们走。

我这才看见这位女士手中原来是有根绳的，那个亲爱的沙沙撒着欢随她远去。

要是早看见那狗，我就不会去找那个人了。

我又把同样的目光投向一位六十多岁的老太太。别看我们，我奶奶有心脏病，你安下心要把她吓过去是不是？老太太旁边的少妇开了腔。

人群中静得出奇，我像一个沿街乞讨的小丑，第一次尝试了在大街上展览的滋味！或像一个耍猴戏的艺人，手中的下装犹如一个装零币的碗，目光向谁谁就迅速躲开。

你给她穿上就是嘛！好心人，不穿白不穿呢！一个赤裸着上身的男人浪笑开了。

现在想来，我得再次感谢那位仁兄，是他让我进退维谷、四面楚歌的时候使我转危为安。要不是他，我真的会下不了场的。

我迅速挪过去，把脸别向一边，摸索着给她套上裤子。她的身体依然匍匐着，微微地发出了喘粗气的声音。

哈哈，真的采野花了。

哟，豆腐的味道一定好极了。

看，肯定就是他！腿上还有疤！

这人还算多少有些良心，干了人家还有些恩情。

呸！这种下流胚子！人面兽心的东西！

我用平生听有的语言，也难以描绘出我当时的心情与处境，我究竟是怎样在那个环境里走回家的，至今也不知晓。

真心得感谢那位五十多岁朴实的大娘，我至今仍记得起她那张母亲般慈祥的脸；她当时走过来，和我一起扶起那女子，从街的中央到街的边上。

把那个女子让坐在一棵大树下后，我分明看见有泪走过她的面颊。她的嘴动了动，却没有言语。我至今也没有弄明白，为何会那样，她是不是疯子。

当时，有一位我曾经采访过的企业领导半信半疑地看着我说，罗记者，你怎么会……干出那种事？

干你先人！我第一次用这种口气对人说话，但我敢说，这是我平生第一次最有力度、最有色彩的吼叫。现在，任凭我积尽全身的力气和智慧，也难以吼出那种味道了。

回到家里的时候，才发现脚上、头上的血早已透过纱布，沿着可沿之处向下流走。一摸，还是热的。还好！我想。随后忙用为我准备的药品，重新用心地包扎我的伤口。

电视里正播放地方台的新闻节目主要内容——

xx 召开保护妇女儿童合法权益会议；

xx 社会治安明显好转；

xx 工作取得空前的好成绩；

xx 掀起学习孔繁森、梁强的热潮。

x 你妈的那×！我怒不可揭，重重地按下了电视遥控板的开关！

这才感到我的脚的确疼得厉害。

高楼下的窗D

这座楼有十八层高，圆圆的房子，就像老家一树草垛子。安安的新家就在草垛子的最下面，安安想，这草垛子的劲咋就那么大呢，背上背好多个垛子，就是压不垮。压不垮也不怪它，也该压烂一个大缝或是一厨玻璃，安安才能从那儿钻出去。

安安天天站在窗口看外面，好多的车好多的人，就像在放电影，只能看见影子，去摸，又摸不着，哪个坏人发明了玻璃呢？要是像乡下老家的窗子有多好，手可随便从里面伸出去。

老家窗口有好多青油油的藤，上面开满了黄黄的丝瓜花。下雨天，雨顺着屋檐往下跑，安安伸出小手去抓，一抓，就抓住一根青油油的丝瓜，凉凉的，舒服极了。可这城里的窗子却死死的，开关很高，很紧。安安够不着，也推不动。爹每次却轻轻一推就开了，迎面一股臭烘烘的风。

爹的工作是多数时间坐在一张桌子上写写画画，好多人都叫他老师，爹从老家的村子里出来的时候，还没有安安，也没有安安的妈。当然这些都是婆婆说的。后来爹进了城，有了望相，就再不像爷爷那样种地了。爹吃的是皇粮。

爹每天早上陪安安吃完饭，就锁上门走了。爹一走，就锁住了外面好多的车好多的人。爹每次总是将钥匙在门上转几圈，门就开不开了。

安安就只能坐在沙发上堆那堆猫呀狗呀的老是做一个样子的积木，或是看那本从老家耗牛那儿拿来的连环画。一想到耗牛，安安的泪水又流了下来。耗牛会做好多好看的小玩艺儿，麦米冬枪、水枪、地牯牛。耗牛每次总让安安先玩自己却一边乐呵呵地笑。

窗子外面的孩子也多，他们玩的东西安安看不惯，一根绳子两人远远地拉住，从脚下一直长到头顶上，一次比一次高，跳的人如果跳不过，就算死了，只好悻悻地站到一头去拉绳，另一头的又上。安安知道那是在跳绳，却看不惯她们，边跳边唱歌。村子里会兰子跳的时候，却是一个人一手拿着绳的一头跳一顿饭的时间都不会死，那两根长长的辫子一上一下的跳好看极了。

门锁里有钥匙转动的声音，是爹回来了。安安从凳子上跳下来，门豁开一个洞，又合上，爹便进了屋。爹递上一笼热气腾腾的包子。要在往些天，安安早已一口气全下了肚，但今天他全没了往日的味口，老是看爹的睑。

"爹，明天，我能出去玩吗？"

"不行。街上乱。"爹打开了燃气炉，"外面不安全，街上好多的坏人和车，会把安安抓走的！"

"咋没抓她们走呢？"窗外的孩子此时叫得更响了。

"他们是不听话的孩子，大人们都不爱。"

"那……"

"好了，吃啥饭！"爹打断安安的话。安安就再不说话了。安安晓得爹成天很累，就不再问啥，又站回凳子上去。

安安看见了更多的车更多的人。妈妈正向这边走来，但一细看时，又找不见妈妈。

妈妈走了十几天了。妈妈不要爹和安安，和那个大胖子男人走了。安安晓得，妈妈是被电视机撵走的。起先，爹和妈总是等好久好久，认为安安睡着了，就将一个像书包一样的东西放进那个机器里，那个电视里立马就闪出两个人来。安安知道那是在演电影。他们就像自己在老家的山沟里洗澡一样，光巴溜溜的，那男人开始咬那女的，女的被咬哭了，不打那男的，却将他抱得更紧。安安就觉得大人们好怪，打架打哭了都不分开。那次自己和会兰子打架，会兰子哭了，跑去告诉她爹，以后就不再理他，好几个月见了他就踱到一边去。

妈就问爹，安安是不是睡着了？爹说，睡着好死呢。安安就忍不住想笑，爹真笨！于是眼睛就比先前闭得更紧了。妈妈在发抖，爹怕妈冻着了。不给妈盖被子，将自己盖在妈身上。妈妈正在呻唤，安安眯着眼看了一眼，就像电视里一样，爹骑在妈妈身上，在骑马马。安安好生气，爹也是，妈妈呻唤得厉害，总是哪儿病了吧，还忍心骑她。安安就朝爹晃晃的屁股上打了一下，爹一下子从马马上滚了下来。安安很奇怪，自己的劲咋忽然那么大呢？就像男子汉，就像少林小子。

现在，爹天天晚上抱着安安睡，再也骑不成马马了。

那天，爹挂了相机下了乡。安安半夜醒来时，看见身边又在演骑马马的电影。骑马马的不是爹，是个胖子。爹回来后，安安就说有个人骑妈妈的马马。爹打了妈一顿。妈这次不是呻唤，是在大声武气地哭。再后来妈就跟着那天骑马马的那个胖子走了。妈哭了好久，安安后悔了，爹也太小气了，只许他一个人骑马马，早晓得那样，他就不给爹说了。

爹在喊他吃饭，安安就是不想吃，胡乱地扒拉几口，总觉得心里好多蚂蚁在爬，他想发火、大叫。可爹正在旁边洗碗，他偏在窗上看那猫头鹰是不是又该叫了。眼皮重重的，总也拉不开。不知不觉中，他又看见了老家院子，院子里的小鸡、小狗、小猪，看见婆婆、耗牛、会兰子，看见了妈妈，也看见了他最爱的那头水牯牛。爹每次拿出一张长了好多树的照片，说那就是老家的荒庭坡，那头水牯牛钻进树林里去了。安安就拿着照片，下细去找，却总也找不到……

车大叫了一声，会兰子他们都不见了。安安找不到牛，急得要哭。原来，他做了一个梦。

爹早已不在身边，满屋子亮堂堂的。桌子上放了两根油条。爹又去写写画画去了。屋子里只有他一个人。

在乡下老家，安安每天早晨醒来胡乱一声喊，婆婆就颤微微踮着小脚跑过来，手里准拿着一个煮好了剥得光溜溜的鸡蛋。院子里猪儿鸡儿狗儿的早已叫开了。可此时却啥也没有，安安此时真想大哭一场，他顾不上爹招呼过的城里不准大声喊叫。

安安最终还是没哭，婆婆说了，过了中秋，安安就满四岁，吃五岁的饭了。五岁，就该是男子汉了，男子汉就不该哭！这样一想，安安就真的成了男子汉！安安从橱柜里拿出一袋方便面来，他晓得吃法，爹教过他。安安是男子汉，男子汉就不要爹帮忙！男子汉就应该干男子汉的事，听爹的话，不哭！不到街上去！安安知道，妈走了爹很伤心。要是他也被那个胖子一样的坏人抓去，爹一定会发疯的！狗日的坏人！婆婆也会疯的，婆婆的小脚走不快，一急，就要栽跟头。狗日的坏人！狗日的胖子！安安在心里使劲地骂！后来又吃惊，自己咋也说山话骂人了？说山话婆婆可不爱。但安安转念一想，说的是坏人的山话，婆婆或许不但不怪他，反而说他是好孩子，是个男子汉呢！

一觉得是男子汉，安安真的想干一番大事呢！

首先，要快快长大，长高。男子汉是不兴够不着窗子上的开关的。然后学会爹一样开锁开窗的麻利，还得抓紧认字，学会写字。给婆婆写好长好长一封信，信里说好多好多的话，包括爷爷、耗牛、会兰子。哦，还有妈，还有小鸡、小猪、小狗，还有水牯牛。然后像爹一样写写画画，像爹一样有望相，好多人也喊自己"老师"，但他不想住在这草垛子里面，那样会憋死人的，自己要回老家去，教会兰子、耗牛、小鸡、小狗、小猪们也认好多字。但安安忽地又伤心起来，他想起妈妈！他恨妈妈！男子汉看来，妈不该跟那胖子走，不该和那胖子演骑马马的电影，胖子一身的肉，会把妈妈压扁的。他决心不再理妈，除非妈不再和那个胖子在一起。

窗口又有一只太阳的脚走进屋来，每天这个时候，爹就快回来了。他想将自己的这些男子汉的事说给爹听，自己是长大长高了，就该到学校去念书了。爹回来后一定会欢天喜地地抱起自己甩老高，说安安长成男子汉了，然后就打开门，安安就再也不用从窗口看来来往往的人来来往往的车了，那样自己根本就不去看那群边唱边跳绳的女孩子，因为自己与她们一样，可以快快活活地走动。不，比她们更高级，她们不是男子汉，干不成男子汉安安要干的那些事。

太阳的脚慢慢变成了婆婆的手，暖酥酥的，安安直觉得头好大好重，又感到好舒服好快活，就像夜深人静的时候偎在婆婆的怀里香香地睡，慢慢地、慢慢地，安安的头就偏在了窗台上……

爱情故事

玲坐的这家音乐咖啡馆，算小城最高档的了。

玲要的是情人间，价格虽高点，玲却觉得必须这样做。

玲新近刚结过婚，不到半月。玲在等一个名叫君的男人，那人是她的丈夫，今晚商量的主要议题，是离婚。

玲看看表，离相约的时间还有 20 分钟，她不由回想起这一月来发生过的一些事情。

玲是小城一家服装厂的优秀工人，是厂里出名的美人儿。

一月前，玲 21 岁，未婚。一月后的今天，玲也是 21 岁，却要结了婚又要离婚。

一月前的某天，厂长对玲说，玲，你就答应了吧！

玲两眼望窗外，一言不发。厂长又说，玲，你就应了吧，就算我求你了。

玲依然一言不发，看一眼厂长，又两眼望窗外，窗外正下着细雨。丝丝点点的，就像厂长说的话。

玲，就算全厂百多号人都求你了，你就吭一声吧！厂长苦着张睑，纵横交错的皱纹，就像是乡村刚耙过的麦茬田。

玲依然不吭声。窗外，雨连成了线，好多工人站在雨中，眼巴巴地望着玲说，玲啊，你一人能救活整个厂子啊！

玲愣愣地望着人群，然后朝厂长点点头，捂着睑哭着跑出了厂长室。

玲所在的那家服装厂，是小城一家历史悠久的企业，设备落后，产品式样跟不上市场需要，厂里苦于无处寻找资金而濒临停产。有一个叫君的乡下男人，进城开了一家工厂，鬼使神差，年收入近百万元，君愿意借资 50 万元，让服装厂更新设备，资金可以不计息，但有个前提，就是娶厂花玲为妻。

玲祖宗三代均在县城长大，且家境也较殷实，嫁与一个乡下男人为妻，玲做梦也没想到。

玲与君的新房布置得很堂皇，婚礼也该隆重。

君对玲说，婚礼须在乡下老家举行，城里的客一个也不请。

玲感到很茫然。

结婚那天，玲风彩逸人，在众乡人中"万黑丛中一点红"。乡人都说玲好看得不行，赛过仙女呢！又说君这孩子真孝顺，是个好后生，发了大财还记得这山沟沟。

那天，君带着玲在一座坟前跪下了，君说，娘，儿带着你城里的儿媳来看你了，你就安息吧！尔后磕了响头，一连十个。

玲想，自己虽对君了解得少，但眼下木已成舟，君至少还有点孝心，这往后的日子，就将就着过吧！

没想到，结婚的当晚，在他们的小城布置的新房内，君对玲说，咱们离婚吧，这房子家具留给你。君深深地看了玲一眼，轻轻地拉上门，回他的工厂去了。

玲如在梦中，作为厂花的玲想不通。就是离，也要弄个明白。玲便到君的厂里去找他，君答应了她，今晚在这里见面。

君来的时候，玲正陷在回思中。

君说，对不起，有点事，迟到了两分钟。

玲抬起头，此时的君一改结婚那天的严肃和忧郁，显得潇洒而大方。

相对无言，音箱里极流行的曲子，缠绵而伤感。

你为啥结了又要离？玲望着君问。

我知道，我配不上你，我不想让你痛苦终身。

当初你为啥要提出来？玲气愤地说。

这个……君欲言又止。你年轻漂亮，是厂里的优秀工人，心眼又好……

不仅仅因为这吧？玲摇摇头。

我……君长叹一声。我本不想这样做。可是，我妈她老人家苦了一

辈子，养我们不容易，临终前唯一的愿望，就是我能娶一个漂亮的城里姑娘为妻。所以，为了我妈……

玲一愣。再仔细看君，回想着君从乡下进城，进城后办厂，办厂又日益红火。坟头上磕头，新婚之夜拉门而出，以及他的诚挚和坦率……

良久的相视无言，窗外，霓虹闪烁，小城的夜由喧啸变得静谧了。

玲终于站起身，走过去，拉起君的手，说，我们，回家吧。

天空，一轮圆月。街灯，将偎在一起行走的那对影子拉得好长……

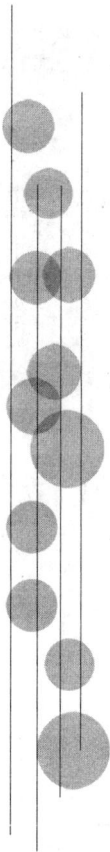

稚 愿

初春，星期日，风中还夹杂着冬日的微寒。

妻今日加班，"贤内助"的差事，自然落在我的头上。

漫步街头。提着菜篮。左顾右盼。讨价还价。

"叔叔，买葱不？"细稚的童音传来。

抬眼望去，两米外的偏僻处，一小姑娘偏着头，大约七八岁，一双渴求的眼睛看我。

"多少钱一斤？"我自恃买主的架式，声音自然不是十分友好。

"三角，叔叔，三角一斤，就这点儿了"。小姑娘不大可爱，不大干净的脸，眼睛也不是想象中的那种明亮，声音却很甜，还合算，比前面几家的都便宜。

我拿起葱看看，的确很嫩。

"我都买了吧"。我看了小姑娘一眼，随手从口袋里掏钱。

那双小手挺熟练地称秤、退钱。自然，非职业性的微笑。

我很潇洒地转过身，继续前行。

"叔叔，帮……帮我个忙行吧？"这声音显然是冲我而来。我不大情愿地转过身，小姑娘已收拾好东西。

小姑娘的眼睛比先前大且明亮了许多，手中拿着的是些卖葱的零钱，面值最小的五分，最大的也只有贰元。

"叔叔，帮我把这八元钱放在那个箱子里好吗？"小姑娘仰着头，或许，是我这一米七零的个头，长方白净的脸和那架文质彬彬的眼镜取得了她的信任吧。

顺着她的指向望去，在乡政府的门前墙上挂着一个箱子，有些高，上面写着些什么，任我这近视眼施出浑身解数也徒然。箱子挂得那么高，难怪她要找我了。

一种好奇心驱使我拉着她向前走去。

我心一沉。低头看去，她居然是一个跛子！一拐一拐地跟着我向前走去。

一种怜悯感驱使我扶着她，很费力，以尽全力减轻她那一只脚的负担。

她感激地抬头望了我一眼，也自然地向我这边倾斜。

五米、四米、三米，我终于看清了那个箱子。

那是一个上面写着"支援灾区捐款处"的红色小箱。

我像触了电，一股电流传遍全身，脸上好像被人狠狠地抽了几耳光，火辣辣的。

我曾因为是为妻买一件二十三元的秋衣呢还是为"灾区"捐款而和妻争吵不休，伤口至今还未愈合。我还骂妻不知好歹！和眼前这残疾小姑娘相比，一个一米七零、受国家培训过多年的汉子此时竟无地自容！

"叔叔"。在小姑娘的叫声中，我回过神来。

"小妹妹，您自己投好吗？"此时也忘记了年岁的悬殊，我说。

小姑娘激动地看看我，眼内有些湿润，冻得发乌的嘴唇颤抖着说："这……谢谢您了，叔叔。"

我抱起小姑娘，她那双小手冻得通红，且有好些裂口，流着殷红的血。她小心翼翼，很郑重地将手中的钱一张一张投进去，看着她胸前的红领巾，只有在队旗下宣誓、在升旗仪式下才这般郑重吧，我想。

随着钱一张张地投入，我的心也一块一块地被撕裂……

终于，小姑娘哭了，眼里噙满了泪花，脸红朴朴的，此时我才看清，小姑娘并非我先前所认为的！她非常美，真的！

我感觉到她的身体有些颤抖，绝对不是因为冷！我想！

我感到一阵眩晕，但是我的大恼分外地清醒！

我放下小姑娘。从衣袋中抽出一张面额伍拾元的人民币，内疚、郑重，和着一种说不出的感觉，慢慢地，慢慢地，将它送入箱内，此时的架式，无异于签订一份至关重要的协议书！

"叔叔，你真好！"小姑娘仰着头，露出两排牙齿，整齐的两排！在胸前红领巾的映衬下，她显得更加美丽！

我眼中的泪，终于夺眶而出，热热的，又很涩很涩……

"叔叔，您真好！"小姑娘笑了笑，我分明看见两颗眼泪滚过红扑扑的小脸。"我还要去给妈妈买药，我家的秧苗全干死了，妈妈病得很重很重！"

伴着一声"再见"，小姑娘一拐一拐地走了……

我望着小姑娘的身影，泪水模糊了我的双眼，我掏出手巾，摘下眼镜。"我妈妈病得很重很重！"小姑娘的声音重又响起。

啊?!

"小……"待我重新戴好眼镜，寻找她时，小姑娘已消失在人流之中。

我相信还会碰见小姑娘的，一定会！

会议室的花死了

韩老头儿一屁股跌坐在会议室的沙发上，痛苦万分。

会议室那些盆花死了！

本来就几盆花嘛，死就死了，芝麻大点事儿，可对韩老头来说，却着实比死了亲儿子亲爹还要难过！

要知道，韩老头儿把它看作是怎样的尤物呀！

韩老头儿在这机关里干事几十年，光与这花花草草打交道也有七八年了。韩老头儿退下来后，闲不住，就与花呀草的打起了交道。起先，花种在砖圈圈里，那时是四合院瓦房，高楼修起后，又移到用水泥做成的花坛里，再后来，又时兴将花种到盆里，搬到大门口，走廊上，办公室里。会议室那几盆花，就是经过这几移几迁，活力充沛的"元老"。

没想到，在会议室呆了不到一年，它们居然比不过花坛里的花，死了。

韩老头儿续上一支烟，沮丧地回想，这是一些怎样可歌可泣、劳苦功高的花哟！

会议室那挂满两壁的奖状、锦旗，哪一次工作会不是在这会议室里开？又有哪一次会不是在这些花呀草的陪衬下，顺利而令人爽心悦目地进行的？

起初，这些花刚搬进来，韩老头儿像待对亲儿子一样待它们。白天，不开会的时候，他将它们搬到院坝里晒太阳，开会的时候，他又将它们搬进会议室，就这样，花们茂盛地生长起来。

韩老头儿无精打采地翻看着会议记录簿，粗略算来，这近一年时间，也就近三百次会，计划生育、文教卫生、土地国防、蚕桑水果，会议种

类应有尽有。

每次开会，无论大"官"还是小组长，韩老头儿都要公平地给每位与会者沏上一杯茶，开会的一边喝茶，一边看花，神色沉稳而愉悦。有时候，一朵花开了，会为会场增色不少，花香会使会场气氛平和而温馨。

可是现在，它们却死了！

记得有次，韩老头儿看了报纸上用茶水浇花好处多后，高兴得直拍大腿。天哪！这会议室里有多少茶水啊。于是，韩老头不再到自来水管前去提水浇花了。看他将喝剩的茶水轻轻地全部灌给他的那些宝贝花们，眼前倏地出现了好多旺盛的盆花，围着他转呀转……

花们旺盛地生长着，比以前用自来水浇灌时快几倍的速度，韩老头儿眼前时时呈现出百花竞艳的景象！

没想到，它们却死了！韩老头儿不服。

韩老头儿请来了花卉公司的技术员小张，小张看一了看花，再看了看土，用手轻轻一拨，入土的一截已变黑腐烂！

没啥病，就是伤水太多！小张淡淡地说了一句。

韩老头儿一惊，伤水过多？！

丑妻家中宝

在我知道男女有别时，妻，便超前淡淡地出现在我面前。

那时候，我九岁，她也是九岁。

我与妻的老家同住一个村，一个组，我们的结合，是拥有天时地利人和的。

我与妻的家相隔一条沟，面对面，站在各自的院坝里可以准确地收纳到信息，这是地利。我们在乡下相处；年月，正是男女老少同吃同干的时代，队长一声锣之后，各家各户就响起锁门声、吆牛声，然后三三两两地走出门来，我与她就夹在其中，趁大人们干活之时，去寻我俩的幽静，算是天时。戏剧般地，我唯一的哥哥她唯一的姐姐模范地走到我们前头，在许多不明之事上予我们以启蒙，现在想来尊重他俩是不无道理的，这是人和。再后来妻的姐姐成了我的嫂子进了我们家，我成了妻姐姐的妹夫进了她们家，我们互补作用的平均用力在当时的山村搞出了热门话题。

婚前，我们成双成对，爱情甜蜜，生活平静得有如玻璃湖面，甜蜜得有如蜂蜜里加了糖。婚后，我们各自都换面目，相互争抢着"保宁醋厂厂长"的宝座，最后又只一个任"经理"，一个任"厂长"。但彼此心中都有一块似水的明镜。

妻后来知道家庭与事业不可兼得时，毅然选择了前者。

妻于我是不可或缺的。在异地他乡，在阵阵亲热的交际语言里频频举杯、酒饱饭足之后，放倒在旅店的床上，才感觉夜色凝重。清静的夜由寂静到寂寞，妻的温柔，便有如人对那些好日子的回忆，稳步而来，令我不得不深深地体味她的金贵。

妻是苦命人，我下乡去一日三餐大鱼大肉，打着酒嗝与人握手言别、摸出牙签剔牙的时候，就想到妻就着一盘青椒腊肉和几根泡菜发出的嘛唏嘛唏的声音。我曾努力地想让妻出去奢侈一回，可机会一到，妻的眼睛总是被街道两旁的米粉店或烤饼摊所拴住。每每此时，我总是压住心底的感伤，违心地依了她特别的爱好，苦涩地叹息。

妻是典型的家庭主妇，家务事从不让我沾手，总说，细皮嫩肉的，别弄脏了手。然后一个人东一窜西一窜，乐微微的。

妻最大的快乐就是把儿子置在我俩中间，到大街上去展览。我与儿子是她精心设计的艺术品，看到旁人投来异样的目光时，她总是不失时机地向我这边靠靠，脸上洋溢着青春的光芒。我的成绩是妻的体贴和我的汗水的结晶，妻总是在我的文章得奖或发表之时用菜盘、酒杯和吻来慰劳收获，每次总就那么一句话："你又跨了一步！"当提及笔耕的苦楚之时，她先是沉默，尔后显得颇为不屑一顾，总用她生儿子从未叫过一声以及自己的棒针技艺与我抗衡。家里经常有她的棒针友，总是用一个个症结与她亲近，然后带走一脸的轻松。

妻不是那种似柳如花的千金小姐。朴实厚道同她与生俱来。她不算苗条，也不算秀丽，在我眼里，妻子才是我真正的家，她的朴实与温柔相得益彰。

拉杂得太长。言及妻，我的语言总显得那么乏力，我只得以真实的情结来收笔。一天，一外地文友来寒舍闲侃，他指着玻璃板下一张照片说："哈哈，你这小子，当了几年记者当出了些名堂，居然与张瑜这些红星合了影！"我异常惊诧，走过去一看，不禁哈哈大笑："我哪有那级别！这哪是啥张瑜，这明明是我老婆嘛！"

原　色

二婆颤微微从乡下进城看儿子。

有人问，二婆，咋不带点土家伙。二婆一脸乌云说，有家伙，有家伙。

儿子毛狗五年前入的城。办公司，当经理。票子一天比一天多，二婆是识得字的人，儿子的出色她也觉得脸上有光。

可就在最近，儿子进酒吧抱女人跳舞，上报纸与外国人合作办厂。二婆进城，定要他说个一清二楚。

二婆见儿子，一脸怒。儿子见二婆，满脸笑。

大鱼大肉堆上桌，质量好，档次高。

妈，你吃，法国菜。妈，你吃，西方口味。儿喊娘，声轻语细。

经理，你吃。农村老太婆，草肠草吐。山猪吃不来细米糠，经理，你吃，你吃。

娘对儿，声重语硬。

妈，你多少吃点。也是儿的一片孝心。

孝心？娘怒满面。

儿露难色。妈，你这是……

我问你。娘说。进酒吧大把大把花钱，做没做？

妈，这是接待客人，工作需要。

抱着人家女人跳舞，你做没做？

妈，这是交际礼节。

卖国求荣，与外国佬亲亲热热办工厂，拍了照片上报纸，你做没做？

妈，这是……

出卖祖宗，让外国人在我们面前乱显洋票儿，在我们面前指手划脚，你做没做？

妈，这叫引进外资。

外资？外国人的票子就大些？还记得外国人比倒箍箍买鸭蛋不？

妈，那是历史！

历史？历史就该忘？老娘老成历史，祖宗老成历史，也该忘记了么？

难娘怒气难平。从包袱里拿出东西说，你给我吃下去！

儿一顿，是老家的干边子馍，泡咸菜。

儿吃一口。略皱眉。

好吃啵。大经理，你老娘就吃这，你就吃这长大。乡里乡亲都还吃这。

妈，吃是好吃，不过……

啥不过？天干火烧，怕来年还没得口福呢。大鱼大肉，一桌就成百上千，心疼啵？

妈……

莫叫妈。你是挥金如雨的大经理，乡亲们还在为了三毛五发愁，晓得啵。捐款办啥交易会，交易来交易去，还不是骗人的把戏。村里学校垮了，娃娃们在坝坝头上课，咋不捐？

村里修桥、修路、搞水利、咋不捐？

儿一改激动，平静如水。

人家外地一个叫王念乡的，在村里修路时一出手就是两万元！外人都晓得乡亲苦，你呢？良心叫狗吃了？

娘越想气越多，越说气越大。看了一眼儿子的将军肚，呵，大经理腰粗肚圆，不晓得里面都装了些啥。

娘上前。儿没动。一把扯去。

将军吐露了真面孔。娘打开那冒充将军肚的腰包———一些钱。一些纸条。一些写了儿子名字的信。

为希望工程捐款一万元，为支援灾区捐款三千元，还有村里出具的那张收到王念乡同志捐款两万元的收条。

娘问儿，王念乡也是你么？

儿点头。

与外国人上报，咋回事？你猾得赢人家啵？

儿一笑。

娘看儿，有泪过面。

儿看娘，悲喜交加。

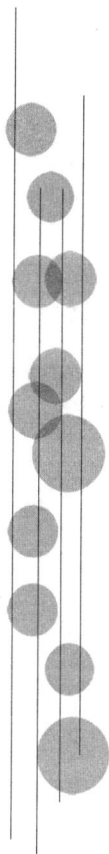

吊脚楼

二奶奶是自投柳溪而死的。

早年，柳溪河边有一架吊脚楼，三面环水，两根木头搭成的桥，用石板什么的垫上。就一桥通架了。

二奶奶就住在这吊脚楼上。

二奶奶二十三岁就死了男人，守寡。男人是打摆子死的。

二奶奶年轻漂亮，苗条不失丰满。儿子毛牛四岁，不懂事。像她的死男人一样。

二奶奶不富裕，但身子骨棒，高高的胸脯隆起，奶子不受约束很随意地动。令男人们莫名地心急气短。

二奶奶又坐在床上，想那死鬼男人，人虽傻，有一副牛样样的身板。干那事，贼行。

二奶奶咽一下口水，很专注地想那死鬼男人。回忆往昔吊脚楼的颤动……回想白天为他送柴禾的罗大爷多年一直令她心动的背影。

二奶奶睡不着。村子里罗大爷也睡不着。

罗大爷四十多岁了，孑然一身。

他喜欢二奶奶，十几年了。

罗大爷终于走出家门，犬声迭起，吊脚楼远远地勾人。

二奶奶起身，傻儿子在隔壁，像死猪。

二奶奶看见罗大爷朝这边走来。

二奶奶看见罗大爷上桥。

二奶奶心急如焚，身下有什么隐隐的。

二奶奶看见罗大爷推开吊脚楼的门。

犬，仍在吠。

干柴烈火。长年云雨梦。

吊脚楼终于急急地摇起来……

犬吠不止。

冬季少有的圆月，少有的水声，吊脚楼此时好热…

终于人声大作。

终于火把将吊脚楼照亮。

罗大爷有些慌张，扭头窃窃地向外望。

"莫怕！"二奶奶平静地渴望地说。

有人拥向了仅十米长的木桥……

吊脚楼于是比先前更猛烈地摇响……

"咚——"

"咚——"

两声水响。

吊脚楼恢复了先前的静。

没过几天，人们在河面发现了两具裸尸——

一男。一女。

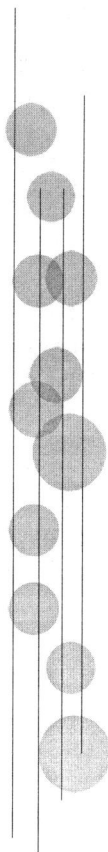

永远的秋夜

两个大盖帽终于离开病房，护士值班室传出他们聊天的声音。

秋夜，月朗星稀，有风走过树梢，沙沙响。

在窗外回旋了两夜的青娃子一纵身，从打开的窗子上跳了进去。

"娘，儿来看你了。"

李寡妇扭过头，床前的青娃子已磕完第二个响头。他在床头放上一叠钱。李寡妇不觉泪如雨下。

青娃子爹去得早，李寡妇一把屎一把尿把他拉扯大，大学毕业后，成了一家银行的会计。李寡妇常年卧病在床，拉了一屁股债。穷也能受病也能磨。谁知他去贪那公家的钱，一贪几万。

前几天，青娃子携款潜逃。

青娃子说，"娘，祸反正闯下了，终是一死。这些钱，就算儿最后一次尽孝心，好好治病吧，这是儿今生最后一次看你了。"说完，又是一个响头。

李寡妇泪如泉涌，伸出干柴般的枯手，"过来。让娘再看看你。"

青娃子抹一把眼泪，"娘啊！"便趴在她身上泣不成声。

李寡妇抓住儿子的手痛不欲生，摸呀，摸。

"来人哪，抓犯人啦！"李寡妇声嘶力竭一声喊。

青娃子大惊，猛一抬头，"娘，你？"

犬盖帽已堵在身后。

青娃子只觉抓他的那手慢慢地松了。

娘，青娃子失声痛哭。

李寡妇的头搭在一边再也不能动了，脸上的表情让人说不清楚。

七癞子

远处响过串串车轱辘的声音，夹杂着一阵阵烂铁皮的躁响，高高的几声"倒垃圾啰"过后，就看见一个身着洗得发白的工作服的汉子走过来——那人就是七癞子。

七癞子是在原任县某局局长为治理故乡而自愿回乡当镇长新官上任"三把火"才做了镇清洁工的。

当时头头们是提了二十七个候选人之后才想起七癞子的。没想到一提便准，后来者居上，大家一致认为，这样一来，九龙镇的治安问题定有明显好转。

七癞子原来是九龙镇的"混二哥"，吃饭不给钱，赊东西赖账，吃喝玩赌样样在行，唯不好嫖。

人们是在八年后才知道七癞子为啥不结婚的：七癞子的哥哥在山西挖煤的时候被塌死了，就有人事隔不久劝他"补上"，素不知七癞子"癞"人不嫖，就是因为偷偷爱他嫂子，但碍于兄弟情面无法点破。亡兄之痛的确是苦的，可人们觉得对七癞子无疑是"天赐良机"！

于是乎他嫂子协议说："可以考虑，但必须痛改前非，活出个人样来，两年后论成效。"

于是乎七癞子真的变成了另外一个人。

是两年后的那个晚上，七癞子自我整洁了一番，就敲响了他嫂子的门。

第二天，两人笑呵呵地到镇政府登记后，七癞子见人就打双枝烟，连见了五岁的小孩也要打声招呼，生怕别人看不见他。

事后又有人问他："七癞子，感觉如何？"他便如醉如迷，操一口极

标准的普通话："味道好极了！"又一阵哄笑……

有次见到七癞子，是在市"见义勇为"表彰大会上。七癞子仍是那身洗得发白的工作服，胸前佩戴了一朵大红花，当读到"王七元"的时候，我下意识地一抬头，惊人地发现是他！没想到在一年时间内，七癞子就与当地公安机关配合，破获大小案件20多起，挽回经济损失7900多元！因忙，当时虽心潮汹涌，却没时间找他谈谈。

后就有人说七癞子出卖"兄弟"，不够"哥们儿"，七癞子便收敛了笑："与他们哥们儿，就不能与全九龙镇的人够哥们儿！"

最近回乡，七癞子兴高采烈，非要开戒与我喝个痛快不可，听说他"发"得很快，种果树、养猪，已成大户了。我问他白天要扫垃圾哪来时间，他便一摸后脑勺甜甜地笑："还有秀珍（原他嫂子现他妻）呢"！

我于是恍然大悟，急急地骂自己咋忘了那处"风景"！

带血的云

永远的规程，永远的路段。永远的步态，以及永远的胜者的神色。

他就在县政府的高楼里上班，七个男人的一个局里，唯他一个得了个带把儿的，他常以此在同事面前腰板儿挺且直。

每天下午，带两岁的小儿子去遛一趟街，这是他的必修课，必修课里有必修的题目，那就是环顾左右所有秀色可餐的"美景"，特别是"巧遇"那抹红云。

小儿子像出笼的小鸟，在宽阔的大道上自由地飞呀飞，那笑声叫声足以使他幸福过整条解放路上幸福的人。小儿子是他引以自豪的最优秀的作品。

依然的六点三十分。她依然从那道小门里飘然而出，红色的衣红色的裙子红色的鞋以及红色的蝴蝶结。她像一抹燃烧的红云，若即若离，每天必然从每天必来观看云彩的他身边飘过。

妻是一团火，她是一抹云！如果她前妻后妻或妻与她同时出现，那……

这是一个永远也没有答案的深奥的课题！既使他用一生一世去解答、去探求，永远也难有答案了。

一声撕心裂肺的尖锐刺耳的刹车声过后，他那引以自豪的作品就永远睡在了车轮底下的血泊中。

天边那抹晚霞匆匆地睡回了山里，那一抹燃烧的红云也定格在街道中央，仿佛变成了一团火，一团令他懊悔一世的火。

这仅仅的几秒钟，却足以使他懊悔一生，这一生的懊悔，仅仅是为了多看一眼那变成了一团火的红云！

真爱，就应大胆

一阵有节奏的高跟鞋声自楼下而来，声音既明快又轻捷！令人想起乐器中有节奏的鼓点，我间断地端起茶杯，各位也停下手中的活计，等待不速之客。报社有规定，作者来访，需热情接待。

进门的是位二十左右的妙龄少女，声音像蜜："请问，哪位是 T 先生？"一双凤眼在编辑间游回。

T 先生起身，点头，让座。

各位又回到稿海中去。习惯了，谁的客，谁待。

少女声音很低，很富磁性："T 先生，你寄的报纸我收到了，作为男子汉，不应当有女人气，要面对现实。"

"你？"T 先生茫然，望着女者，欲言又止。

"你的意思我明白，文人嘛，就喜欢含蓄，高雅一些。"少女秋波频送，"我以为，真爱，就应大胆些。这不，我抽时间来一趟，约个时间吧！"很开放、很浪漫的女性。

"我就是 Y 呀。"少女抽出一封信放在桌子上，"这是一周前你寄给我的报纸。"声音略高，显急。

"我还是不明白。"T 先生摇摇头。

与 T 先生坐一排，我侧目一看，不禁哈哈大笑——

一向"妻管严"的 T 先生，负责通联工作，在前次寄发报纸时，匆忙间将 Y 小姐那信封上的邮票上、下方调了位置！一直被誉为"出土文物"的 T 先生哪里知道，在九十年代，邮票的贴法表示多种爱的暗语，向下，即表示——

我很爱你，但不敢向你倾诉！

各色声音不绝于耳。

铿锵有力的高跟鞋声慢慢地消失在楼下……

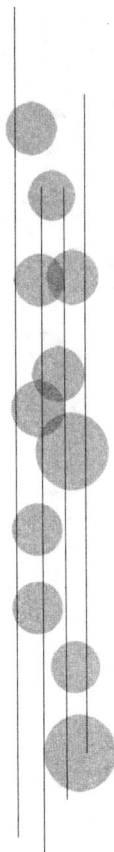

嫂 子

（赵尚志有一个好嫂子，"您甩您的小手，把我创伤抚平……"常言道：长哥当父，长嫂当母……）

嫂子过门那阵，我五岁，正值"文革"热火朝天。

嫂子的嫁妆特简单，一箱，一被，一柜。听大人说新事新办，因陋就简。现在想来大概是因为家里穷罢。

我起初是最恨嫂子的，因娃儿们常围成圈子对我喊：

红娃子，绿娃子

接了一个新嫂子

好给他穿花裤子

好给他吃大奶子

在那时，吃奶跟尿床相提并论，是多么羞人的事，何况还要穿花裤叉，该有多丑！

于是我把嫂子与"坏人"划为一类，避而远之。

可母亲却日日愈发高兴，合不上嘴。乡邻们"你接了个好媳妇哟"的声音常让母亲的双眼高兴得眯成线。

嫂子一年三百六十五天没见闲过，总是笑呵呵的，哥也时常傻笑，特甜，我时常在隔壁偷取一些当时心惊肉跳、现在司空见惯的情节。

渐渐地，嫂子的形象在我心里有了转变。她不但没给我穿花裤子，奶子也成了我侄儿的专利。

分家那年，嫂子说："小弟还小，我们都能劳动，家产就多留给他一些吧！"尽管家产我是分文未要，在当时穷得叮当响的年月，一个女人能有这份思想境界，是多么难能可贵！

嫂子在乡里是出色的美人，令男人们咋舌，偶尔也有人在她身上打主意，她便一笑："还不回去，你老婆让别人摸呢！"于是，那些男人们都自知理亏，纷纷垂头。

嫂子过门第二个年头，领头搞了个什么"半边天突击队"，专在农忙时节为缺劳力的农户抢种抢收，在乡里很出色。那年她上台领奖，她非要那帮"姐们儿"都上台亮相不可，她还对着话筒说："一个跳蚤顶不起一床铺盖……"只一句话就换来阵阵热烈的掌声。

随后，一家人东奔西走，只有嫂子留在老父母身边尽"养儿防老"的责任。每次回去，母亲就抱着我哭："儿啊，妈这辈子，该死了，可就是舍不得你嫂子，她是个大好人啦！"

每次临走时，嫂子总是送我们很远，一连串叮咛话语让我们落泪，妻那日动了真感情，一把抱住嫂子，孩子似的哭了。

每当想起嫂子，总会有这样一副画图映入脑海：嫂子刚从田间回来，将怀里的猪草往地上一丢，拍拍手上身上的灰，一把推开母亲的门："妈，我回来了，您吃啥子饭?!"接着，那双粗糙的大手，端着开水伸到母亲面前……

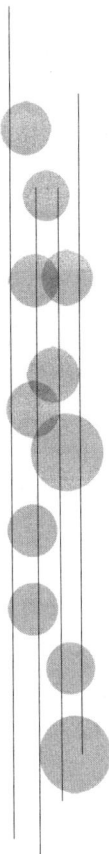

并非无题

余写稿十余载，时梦终成正果。大凡眼见丑儿终成铅字，甚喜。捧之百看不厌。苍天有眼，捷报频传！谁知时年"走火入魔"。多遇怪现象，迷惑之至。问及友，皆言有此般"神遇"——

A. 某函院为增强学员间往来，欲增印"学友通讯录"，因缺资，凡入集交费壹拾元。上照片、简介云云。余人慎而又慎，字斟句酌，投之。数月后，收一信，曰："由人力不可抗拒原因，书暂不能出，望谅，所收款项随后退回"。时过景迁已三年，遂无消息。

B. 余于80年代参加某地函授，交费20元，后收到该院教材，乃印刷质量等外级，无法看清内容，无名无姓的"民间精品"。逾十日，又收到一些油印小报，仍"三无"。上曰："在学员中精挑150名，其余将不予以联系。"两年后，欣喜之极，又在一友处发现了此函院，其教材、小报"面不改色"。就连150名"优秀学员"也无一人变动，真可谓"固若金汤"！

C. 余糊涂一世聪明一时，同时化名三次参加了同一"大奖赛"，分寄了初一、高二的一些"次品"。隔一月，一天内同时收到三封来信："×先生，很高兴这次大奖赛您能获奖，经评委认真筛选，您的大作xxxx荣获优秀奖，特此祝贺，因资金紧缺……"余哑然。像我这样的"神才"，有关部门未能"重用"，实属可惜。

仅列三例，权作笑料。我以为，这愚人并非我个人专利。文朋诗友，你说呢？

二　姑

二姑命苦。九岁死爹，十二岁别娘。

家，就剩下狗娃、毛娃、孬女子，嗷嗷待哺。大的六岁，小的一岁。

二姑上山打柴，替人洗衣，换几个油盐钱，养着这大大小小三个。

狗娃子九岁时，上山打柴，绊下山，死了。

孬女子五岁时，扯风，也死了。

二姑很伤心。村里第一流的身子无规则地哭。村里人也跟着抹眼泪。

"毛娃子是跟二姑喝水长大的"，村人说。

二姑人长得好看，提亲的一路一路的，毛娃子是她唯一的寄托，二姑都没答应。

二姑心灵手巧，别人做啥，她一看就会。二姑针的针线活儿在村里百里挑一。

二姑东拼西凑，用几十种布角为毛娃子拼了件棉衣，一穿就是好多年。

那一年，听人说山上要来石油队，是外国人的技术。"石油就是从石头里榨出的油"，二姑想。九龙山这么多石头，能榨出多少油哇。

外国人来了。大鼻子蓝眼睛。看到毛娃子的衣裳，出五百块钱，要买。

外国人得知是二姑的手艺后，好说歹说，要二姑出技术，他要出钱合作办厂。

二姑战战兢兢答应他。后来，二十多岁的外国人要二姑当夫人，要把二姑带到外国去。

二姑不敢。怕高鼻子的胡子、汗毛，及毛茸茸的胸。

不知咋的，汉字都不识的二姑，后来居然带着毛娃子，跟外国人走了。

村人们唾沫飞溅……

前些年，村里人收到了二姑的一封信，是那蓝眼睛写的，村人看不懂，就背了五十斤红苕去找一个教外国话的老师，才知道信上说二姑很好，毛娃子也好，她们的厂很洋气，照片上毛娃子跟二姑都很洋，头发长成了卷卷。村人说，喝了外国的水，都这样，二姑还兑了八万外国钱，叫村里修一所学校，让娃儿们好好读书……

于是村人就觉得二姑顿时伟大起来，村人敬仰！

多年后，村里终于没了二姑的消息。

丈母娘

（婆娘的妈就是老丈母，老丈母就是丈母娘。）

丈母娘从田间回来，将怀里的干柴重重地摔在地上，双手在腰间匆匆象征性地擦了擦，拍一下有补丁的屁股上的灰，就下灶间煮猪食去了。

丈母娘一年三百六十五天忙出头，柴米油盐酱醋茶围着她转，就像七个女儿。

丈母娘这些年对女婿贼好，对我更甚。每每回去，丈母娘一张脸上总冒出难得的青春。园里种的、塘里放的、圈里养的，应有尽有堆上桌，极力显示其丰厚宽容以及早年的歉意。

丈母娘先前对六个女婿都喜欢，个个牛头虎脑，打上八百棍子也不会有闪失。三两百斤扛上十里地也不会歇气，不像我，干瘦如柴，一双小眼老躲在厚厚的镜片后面窃窃地向外望，半棍子打下去魂也要招七八天！

丈母娘幺女儿（兰，现已名正言顺地成了我的法定妻）尤其可人，是乡里出名的美人。一朵鲜花哪能插在我这堆牛屎上？

丈母娘于是双手叉腰，双脚起跳，时时重重地把屁股拍得山响："以后再跟那短命娃儿耍，老娘就把你打发到江苏去（当时我地女性每年以十人左右的速度远嫁江浙，使当地女子显得更加物以稀为贵了）！"

丈母娘逢人便夸史家华娃子："啧啧，这娃儿行，背捆柴上街硬不得歇气，不晓得二天哪个女娃子有福！"

我愈来愈无立足之地，兰却爱我愈深。她深知我笔下功夫，汉语言文学绝非几捆柴禾的价值！

丈母娘偶有一天在园中割猪草，见远远地有锣队走来，她便用手搭起遮阳棚，居然看见走在头上的是乡里最大的官！一问，才知给罗家湾某某人（我的乳名）送奖匾的，说他写的文章得了个全县的什么文学大奖呢！光宗耀祖啰！

丈母娘于是乎狠命地悟了一阵，于是便雀跃起来，丢下猪草飞也似地跑回去叫幺女儿，快点过去送个情，道个喜。

远远地，丈母娘看见锣队里有兰。丈母娘乐成佛："这女娃子，就这回懂事。"于是乎就应了这门亲事，有乡里大官儿作月老，预料中的，这回彩礼她没少要。

丈母娘逢人便说："幺女儿命苦，男人最没用。"于是时时叹息，时时流泪。

我汉语言文海里遨游。苦比乐多。兰心心相印。

于是我捷报频传。

于是我由村里到乡里、县里、市里，工作时时变动，矮子爬扶梯——步步登高！我脱了"农"皮，带兰远走高飞了。

于是，乡人们以我为荣，有关我和我的诗歌小说获奖的消息，时时在丈母耳边有力地敲响。丈母娘老脸老笑，没牙的瘪嘴很惬意。她常常负疚地对人说：我真是神机妙算，我早算出这娃儿准行。

门 卫

小张对着墙上的镜子，理了理新发的服装，正了正帽子，脸上洋溢着自豪的微笑。

小张刚从省保安学校毕业，二十一岁，是这家工厂的保安，今天第一次上班。以前这家工厂的门卫是小张的父亲老张。

老张今年已年近六十，昨天，接到退下来的通知，一脸的遗憾！老张干门卫已三十余年，工作上无一点闪失，年年平安，受过许多种表彰奖励。儿子小张毕业后，领导上安排，换下了老张。

小张一想起父亲那一脸的遗憾，就想笑。老爹对儿子总不放心，几百人的工厂的保安，总以为儿子难以应付，千叮咛万嘱咐，小张既理解又难以理解，小张认为，要以崭新的形象去替代父亲的形象，父亲干门卫几十年，未穿过制服，未进过专业学校，总像一张拉不开的弓，在厂区里周旋。今天，老爹退下来了，小张想要干点实事，好让老爹放心。

天色已沉沉地暗下来，小张拿着手电，在厂区巡逻。夜晚的厂区静得出奇，除了路灯以及路灯下的虫子能显些生气，厂区便死一样静寂。

突然，一个黑影在厂房的拐角处一闪，猫一样躲到墙的另一侧。小张迅速灭了手电，箭一样冲过去，脚步轻巧，足以显示出两年保安学校所练就的实力。拐过墙角，那黑影向前逃窜，像一张未拉开的弓。

小张大吼一声，哪里逃！便一个"饿狼扑食"，将那黑影扑倒在地，一个漂亮的擒拿动作，那黑影便被死死擒住。

那黑影也不反抗，只扭着脖子说，狗东西，牛劲还真大，是我的种！

渔

上午九点半，四辆小车在街上卷起一溜尘土后，才驶进元山镇招待所。

党委书记史玉明心头的疙瘩这才落了地，他快速驱动大脚板迎了上去，满脸盛开的笑意棋盘花般美丽。

元山镇近几年经济发展快，两条远近闻名的江从境内穿过，这些年来该镇又大修水利，大兴水面养殖，在方园几百里小有名气。

昨天，县委张书记来电话说，明天，省委吴副书记要来视察，此书记业余有个爱好，爱钓鱼，听说钓技还挺不错。张书记叫他准备一下。地点就在光明水库养鱼区。史玉明一百个点头。元山镇接待省一级的钓客虽属首次，可上至市里、县里的书记、县长，下至股长、科员，有谁在这件事上不是高高兴而来，满意而去。

吴副书记终于做完了他此行该做的事情。与众不同的是，他是先看现场，后听汇报。史玉明心里便顿了一下。

在省上随行人员及市、县领导的万般劝说下，吴副书记才答应去一次养鱼场，但一切须按当地规矩办事。

亲自交过五元钱入场费后，吴副书记便接过史玉明差人提前准备的高级钓具。

史玉明将几个重要人物安顿好后，便喜滋滋地在离吴副书记约三米远的地方抽起烟来。

吴副书记垂钓的塘浑浑的，一分钟两分钟便有鱼上钩，史玉明看见，吴副书记一直严肃的脸此时明显地舒展了许多。

不到一个时辰，吴副书记的鱼桶里便堆了满满的一桶，叫好声、称赞声次第响起，都夸吴副书记是神钓手。

吴副书记笑了笑。朝史玉明招招手说，你守着，我去转转。便起身朝另外几位同行者走去。

市委王书记的桶里有十来条，县委张书记的桶里有七八条，其他同志的桶里仅有三五条，还有几位桶里是空的。那边比他们先来的几位工人模样的老同志，桶里只有三四寸长的小鱼。

吴副书记看看自己垂钓的十来平方米的浑浊的小塘，再看看其他同志垂钓的几十平方米的清澈的大塘，刚舒展开的脸便显得更阴沉了。

他注视了一阵那张钓者须知的牌子，目光在"门票十元，鱼归钓者"那一项上盯了很久。尔后提起鱼桶，径自朝几位工人模样的老同志走去。轻轻地将鱼分别倒入他们的桶里。

吴副书记对自己的秘书说了声，走。便顾自坐上车，在镇上停也没停，便直奔省城。

史玉明呆呆地坐了很久，没想到，大客竟然这样难伺候。恍惚间，自己好像被吴副书记碎尸万段，变成了自己从其他塘里捞起又放入吴副书记垂钓的塘里的那五百多条白花花的大鱼，总感觉钓技高超的吴副书记悬着几百只钓钩在自己的头上晃荡……

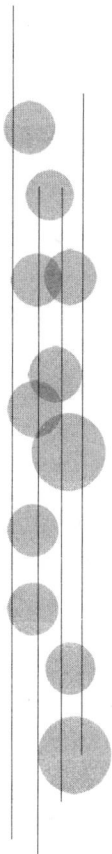

新 妈

新妈被那些大盖帽们推上"呜呜"怪叫的警车时，在场的乡人们脸上的表情各有不同。

新妈嫁到张家湾已十多个年头了，我们那辈人依然亲热地叫她新妈。

"新妈"最早源自我之口。那时，张家湾五十多户人家家姓张，年年冬春都有女子嫁进来，为亲热有规矩，我们把辈分高一辈的新媳妇都得叫"妈"，新妈嫁进来时，已排在十一位，如叫"十一妈"，的确不妥。于是，未成年的我自出心裁的说："新嫁进来的妈，就叫新妈嘛！"大家一致认同，连声说好。

"新妈是上当受骗过来的！"村里明事的人说。

新妈的男人是个跛子，叫张富贵，是我的远房二叔，生得又黑又瘦，成天一根烟枪呷到底，时不时一下清口水射出老远，凡是他走过的地方便脏兮兮、潮湿一大片。

新妈相人的时候，是我么爷去打了样的。么爷牛高马大，孔武有力。新妈自然高兴地应了这桩亲事。

洞房里见到张富贵时，新妈说，还不走，洞房花烛的，你人咋个不省人事？跛子张富贵拖泥带水靠过去说，我就是你男人，还走啥？新妈就在跛子张富贵的蛮力下哭了一夜。

没多久，跛子男人张富贵死了，得的是绞肠痧。新妈自此孤寡一人。

村上当时正兴上豆腐坊，生意颇为清淡，硬搞不赢对门么娃子的私人豆腐店。新妈就主动上前说，愿到坊里搭把手，保证日后生意红火。

新妈上坊第三天，煮豆腐不加酸水了，加了些村里人叫不出名儿的东西，做出的豆腐又白又嫩，像她的脸和手。新妈挑着担子一路吆喝，

撩拨得满街人纷纷上前。这一天，赚了九元八角六分钱。村长笑眯了眼。

后来，新妈不再沿街叫卖了，而是在车站坝摆了个小摊。果然，生意依旧红火。有人看见，有好多年青小伙儿一天就买三五次豆腐。

幺娃子向新妈求饶说，他店里的收成，愿与新妈六四分成。新妈不答应，说，村里的老少都想多见几个现钱呢。

幺娃子便见了新妈就恨恨的。

一天，新妈听人说，张家二女子遭人给强暴了。又一天，又传来李家幺女子也有了同样的遭遇的消息。新妈搥胸顿足，跑到乡场上骂了一通。没几天，还是传来同样的消息。

新妈呆呆地坐了一天。全街的人一天就没吃上好豆腐。

村子虽处在乡场上，人们还是穷。光棍汉多得就像鸭队，这些，谁又能解决得完全呢？

第二天，新妈剪掉长长的辫子。留起了披肩短发。

第三天，村里人看见街娃耗狗子从新妈的房子里哼着小调出来。新妈拍着她的肩，说，就这样，只要你们都答应姑奶奶我的条件，随时奉陪。一阵小调过后，新妈依在门上，长时地发呆。

后来。村子里再也没听说过这家那家女子出事的消息了。

新妈越来越注重打扮，街娃们一个个见了她点头哈腰，人们终于明白了什么，见了新妈躲老远，唾沫伴她脚跟飞。

新妈依然照老样儿生活着。

后来，就发生了前文那一幕。

再后来，村子里又传出哪家女子出事的讯息。有人便想起了新妈。

新妈在里面写出封信来，说自己前些时间存下的两千块钱，叫取出来作垫底用，让街娃们进厂挣点钱，活出个人样来，自己找个好女子，安安生生过。

幺娃子一言不发，把自己那厂子与村里的厂子合了。

村子里从此便平平安安。村人们才一下子明白了许多，在新妈摆摊的地方修了间房子卖豆腐，店的名字，是以新妈的名字取来的。

天发老汉

天发老汉不是本地人。天发老汉不受任何人尊敬，村里村外，不论老人媳妇，小娃小伙，统统都喊他天发老汉。

天发老汉身高不到一米六十，微微驼起的背，那张脸总让人想起未进化完全的"北京人"。

天发老汉一年三百六十五天就着一根烟枪，"吭吭吭"，人还没到声先到，与《红楼梦》里的王熙凤异曲同工。

天发老汉见人从不打招呼，你走你的阳关道，他过他的独木桥——人们总说，这老东西，怪物行头一个！

天发老汉一年四季总搭一个烂篾背兜上山找草药，将歪歪斜斜的房子团转围得密不透风。隔三差五将草药拿到街上去卖，便换回了一路的脚板儿轻松，老脸儿红红。村人说，老汉这些年可能存下了一大笔钱，可究竟是多少，谁也说不清。他生活上奢侈的时候，娃儿们在他那里准能得到几颗本地水果糖。

天发老汉上街去总爱喝上两杯，去的地方又总是那家老板漂亮勾人的"大众饭店"。几年以后，有人说，那女老板可能是他妹妹，也有人说，那女老板可能是他以往的相好的。但谁也不能说出个所以然来。

天发老汉空闲时唯一的嗜好就是在清早或天黑前，坐在门槛上，就着那烟枪，长时间地看天，又长时间地看从胸前衣衫里掏出的一方土布手帕，见人来总吭吭几声，麻利地将手帕塞回胸前。村里谁也没看见那上面绣的啥。

后来又有人看见饭店女老板也有一张大小、面料、颜色与天发老汉那张一样的手帕。

天发老汉在六十岁上头，收养了一个儿子。那小子长得笨头笨脑的，在桐子坝被蛇咬伤后被天发老汉救下来。那小子也算人，后来对天发老汉忠诚得不行。

天发老汉自此脸上有了些笑。

天发老汉不再上山采药，突然间爱上我家去了。我爹那时是干部，爷爷又是村子里多年来有名的"孔夫子先生"。他总与我爷爷半天半天地坐在院坝边抽烟喝土酒，极少有话。

天发老汉眼睛一天不济一天了，耳朵却出奇得好，只是咳得太凶，一咳就是一袋烟工夫。他那儿子依旧上山采药，依旧将那钱四六分成，四成交给天发老汉，六成归自己打发生活。

村里的坟上了一回又一回，天发老汉却活了一年又一年，成了村里的"人王"。

天发老汉八十三岁那年，害了一场大病。"七十三的八十四，阎王不请自己去"，村里人说，天发老汉这回怕是翻不过这坎了。

天发老汉偏偏再创奇迹，顺利地过完了自己八十四岁的生日。第二天清早，村里人看见他拄着拐棍在村子里走。人们睁大了眼睛：天发老汉莫不是要活到一百岁?!

时隔两天，天发老汉的儿子就在村里挨家挨户说信：爹老了。

天发老汉的后事操办得很闹热，村里人都去送行。人们还惊奇地看见饭店女老板也来了，在他的坟前磕了三个响头！还埋了那张手帕，村里人这回看清了，那上面绣的是一对鸳鸯。

天发老汉的后事操办完后，队长开始清点家产。我爷爷权威性地拄着拐棍去了。他今年七十八岁，天发老汉死后，他就是村子里的"人王"了。他拿出按了天发老汉手印的遗嘱，并附上一张手帕，一张与饭店女老板那张一样的手帕。

那遗嘱上吩咐：将存款三千九百元，一是把村小学那些烂房子重新收拾一下，二是给村上所有的孤寡老人每人一百，现钱若干，放在墙上那张画报后面的墙洞里，全部交他那儿子，是他挣来的（一数，总共一千三百二十七元贰角，是他那儿子这些年交上去的四成的总和）；房子两间，归村上所有，给老太婆老太爷们一个摆龙门阵的地方。

175

另外，让那儿子还是回安徽老家去，免得家里人挂牵。

天发老汉那儿子在村子里呆了七七四十九天，在天发老汉的坟上磕了三个响头，一步一回头，抹着眼泪走了。

再后来，爷爷就讲了这样一个故事：

在几十年前，有一个从小在外逃荒的青年由湖北过来，路上与一个比自己小十几岁的女子相遇，并相依为命。后来，两个想到了一起，在一个明月如水的晚上，在一个石岩壳里度过了他们的洞房花烛夜。那女人拿出事先由自己一针一线绣好的两张同样的绣有戏水鸳鸯的手帕。相约白头到老，永不变心。

后来偶然的一次叙旧，原来那小伙就是那女子在外多年的大哥，那女人正是那小伙从没见过面的幺妹……

掌心的红豆

认识灵儿的那个秋天，灵儿已是一个孩子的母亲，我，也有了自己的小家。

灵儿是一个极清秀的女子，淡雅、灵透，是她留给我的最深印象。

灵儿在报社的高楼下开了一家服装店，她总是应筹自如，笑容可掬！灵儿的笑足以落雁沉鱼。大凡从她的店里出来的人，没有谁不满脸青春！灵儿的生意极红火。

那天，我也去了灵儿的小店。灵儿微笑着点点头，很纯真、非职业性的，一朵桃红转瞬跃上她白皙的脸颊。

"你也自己来买东西？"灵儿已没了那种自如，声音颤微微的，那双放在柜台上的手也早已找不到合适的去处，就像她的声音。

本来，我是想拿张毛巾的，出来时却握着条领带。

第二天，我系上那条领带去上班，灵儿叫住了我。她说，我给你换条红色的吧，灵儿说，红色代表青春和热情。我的领带于是就变成了红色的。

后来，我们逐渐熟识，从服装开始，谈到社会、人生，灵儿总有她上千个独到的观点。令我这小文人同悲同喜。后来我们谈及家庭，灵儿的身体依然如她的声音般颤抖了一下。

于是我断定，灵儿有一个极不温适的家。每次提及，灵儿满脸笑容，总是以种种事例，极力显示其丈夫如何爱她。从灵儿那凄楚的双眼，我读出这是一个谎言。

直到有一天，灵儿满脸伤痕地出现在我面前，她才承认了自己编织的梦。她的丈夫，用意想不到的暴力，给她留下了终身的伤悲。这伤悲，不仅在灵儿的脸，还在她的身体各处。

我于是紧握双拳。以自己五年的体训功力，欲与那"身在福中不知福"的家伙一搏！

我真的对灵儿产生了一种感觉，一种说不清是怜是情是爱的感觉。

直到有一天，灵儿问我，干脆离了，行么？

我坚定地注视了灵儿一眼说，行！

于是几月后灵儿真的来去自如。从她的手和脸上，我看到了她新付出的代价。

灵儿依然应筹自如。看起来，她比以前的确充实了不少。

有一天，灵儿对我说，伟，你妻子真幸福。

有一天，灵儿对我说，伟，你妻子待你好么？

有一天，灵儿对我说，伟，如果一个女人爱上了一个有妻子的男人，算横刀夺爱么？

有一天，灵儿对我说。伟，有一个离了婚的女人爱上了一个有妻子的男人，爱得欲罢不能，就像这颗红豆，虽在掌心，却不知是摊开手好还是握成拳好！

果然，她的掌心静静地躺着一颗光洁异常的红豆！

我知道灵儿想要表达的是什么。

至亲高朋，我该怎样对待，这姗姗来迟的红豆?！

深山幽兰

头头当了几十年，怪事却头一回遇见。

教委张主任在房里来回踱步，一对外八字脚像醉了酒。

二十岁的女娃子，居然申请到最边远最贫困的大鲤乡侯树村去教书。

这女娃子叫王幽兰，今年师范刚毕业，合情合理，分在了县城"傍大树"。可假期到市上的同学家要了一趟后，死磨硬缠要下乡，下到最边远最贫穷的乡。

分管教育的王副书记满脸革命本色，下乡锻炼锻炼也好，正符合县上下派青年人才到村的精神嘛。

村里人雀跃，大师范生呢。把咱侯树村人当人看，咱侯树应当把她当神对待呢。

出连着山，望不到边。一村老少守候在破旧的校舍旁，夹道迎"神"到。二十岁的幽兰本就面薄，这样一来，一张粉脸早二月桃花开了。

安排好了吃住拉撒的常事，村长便拉下了脸。王老师，我们侯树穷，留不住客，这来来去去的，你之前已有九个了……

幽兰笑笑说，看村长叔说的，我可是自愿要来的，怕到了时间，你们还赶不走呢。

一屋人双眼便大放异彩。

幽兰又说，各位叔叔婶子们，不知我这想法行不行。她从包里拿出一大包书说，我想，白天给娃娃们上课，晚上，给大人们上呢。来之前我去了解过，侯树穷就穷在"知识"上。我这些书，都是新买的科技书，我打算同大家一起学，科技知识跟上了，侯树三五年不怕不富呢。

村长一把鼻涕甩在了柱子上。一屋人便泪光闪动。

日子过得真快。秋天到了，幽兰的屋子里便堆满了乡亲们捧来的礼品。梨和苹果，金灿灿的谷穗，一根根长长的肥实的丝瓜悬挂在了幽兰的墙上。村长双手抖抖的，王老师，我们大家儿心中高兴啦，这么些年，没见过这么实在的收成了。

就这样，白天，几十双天真的眼睛闪呀闪的，令幽兰激情满怀。夜里，乡亲们聚在屋子里，嘴巴张呀张的，使幽兰信心倍增。

村里有个叫刘明的打工仔，回来后不相信自己的眼睛。他写了篇题为《白天教娃娃，夜晚教大家 教师王幽兰用科技为侯树插上腾飞的翅膀》的文章，寄给县报社，转眼间便在头版给发了出来。

幽兰就找到刘明，说不该写这。

刘明说，知名度就是财富嘛。

幽兰一听，对呀，有实有事，有了这基础，再多方面争取，解决了路呀水的，岂不是更好？

幽兰就抽空与刘明一起，写信，写稿，写申请，多方联系。

县水电局长来了，看了，说，发展速度是不错，就是水利条件太差。

幽兰指着正在修建的塘堰说，乡亲们攒足了劲，正在大修水利呢，只是……

局长看了一眼幽兰，笑了笑，说，鬼女子，死精呢。就给侯树拨了四万元。

县交通局的领导来了，汗水打湿衣。说，不错，是不错，就是这路，太难走了。

幽兰说，就是呢，侯树人祖祖辈辈肩挑背磨，眼下正忙着，准备接通县道，村上的公路也要上等级，不能再给你们领导丢脸呢……

领导说，这样好，这样好，我们支持！就又拨款五万。

村里人便一封电报一封信，喊回了在外地打工的家人，满面激情地讲述关于幽兰、关于那些领导的故事。打工仔们先是摇头后点头，一拳头砸在大腿上说，侯树再不变样，我们男人胯跟就没有吊那家伙。

侯树一村老小便修水，便修路。

幽兰上前帮忙，乡亲们一万个不答应！累死了全村人，也不能让你动手！村长说，您是侯树人的大恩人，侯树人的神呢。

幽兰却闲不住，瞅空子同孩子们一起送水送茶，给乡亲们唱歌助阵。侯树人便在歌声里干得更欢了。

路通了。塘库修好了。幽兰，却要被人弄走了。村里人弄不懂，"打工仔"们要找弄幽兰走的人拼命。

打工仔们好不容易挤进幽兰的小屋，一屋人鸦雀无声。

经人介绍，要把幽兰弄走的人是幽兰的母亲。此时她已双眼红肿，靠在床头成了一瘫泥。

村长抖抖手中的一张纸，说，娃儿们，过来看看吧！王老师……不，幽兰，幽兰这女子不灵醒哪！

刘明一把扯过那纸，打工仔们的眼睛便鼓着，不见了闪动。

刘明定定地看着幽兰，许久许久。他摇了摇头，说，王—老—师，侯树人把你当神，你咋就不把自己当人哪！天……

哭声便满屋子炸响。

挺明白的侯树人整个晚上都不明白，他们灭幽兰小屋里的灯，家家的灯却亮到了天明。

清晨，幽兰的母亲要把幽兰扶上车，乡亲们不答应。

村长说，就依了我们的规矩吧。然后，把幽兰扶上乡亲们赶做的轿子一样的滑杆上。八条汉子便风一样迈开双脚，在新修成的村道上奔跑。乡亲们一路叮嘱一路泪水，一直把幽兰送出深山，送上了宽阔的柏油路。

幽兰泪流满面，说，回吧，回吧……

哭声便又漫山炸响。村长吼一声众人，龟儿子些，没出息的样子！自己却又泪流满面，泣不成声了。

送走了幽兰，村人们谁也不愿离开，聚在了幽兰住过的小屋前。

村长使劲吸完最后一口烟，一把鼻涕抹在脚底下。说，我还是说了吧。去年，也就是幽兰来我们侯树的前一月，她到市上的同学家耍，陪同学上医院，当给她自己检查时，就查出了得了胃癌，医生说，也就只有三两年的活头了。傻女子瞒了爹妈，便要找一个最穷最边远的地方。后来就找到了我们侯树，就来了。一家人是一千个放心不下，可又哪知她得了那病哪。

她把报告单压在桌子抽屉里的书底下。当妈的想女儿久了，便去翻女儿的东西，一翻，就翻出了那体检报告单……那水电局长、交通局长，都哭了……村长提高了嗓门，晓得吗，乡亲们，幽兰，她，她是县委王书记的独生女儿啊！

几百双眼睛便夸张地拉大，足有两分钟！

小屋前就又一片哭喊声。

夜深了，村长和打工仔们围坐在桌前，要刘明写一篇关于幽兰的文章，投给市报、省报、国家大报。

刘明双眼红肿，泪水将稿纸打湿了，却也写不出一个字来。

村长气得直骂老祖宗不睁眼，旱烟锅子指着刘明的额头，抖抖的。

三天后，刘明一气呵成，写了一篇题为《深山幽兰》的小说。

又是玉米成熟时

农历5月25日，是我中学毕业时，给母亲确定的生日。

外婆外爷去世得早。我的舅舅又多得像丰收年成的瓜果。后来母亲上升到生日可以作为家中的"节日"庆贺之时，去问大舅，只说是母亲出生那年那月，他背了一背苞谷从地里回来，就听说从那天起自己不光有弟弟，又多了一个妹妹——外婆是在把苞谷面与小麦粉和在一起做馒头时生下母亲的。

母亲在没有成为母亲的那些年，日子过得很艰难，一家子几个弟兄，全靠大舅二舅在外帮工来养活。父亲去相亲时，母亲正在地坡上割草，只瞟了一眼当时正当工人的父亲，就让大舅作了主。我懂事后听大舅摆起，当时的母亲只说，心眼不坏，就成。

母亲少年时期对"读书识字"是望尘莫及的，后来条件好了，兴搞扫盲教育，母亲上了半月课，便也能在分粮分钱的单子上庄重地填上自己的名字了，听说在当时的妇女群中，那"书法"的确厉害得不行。

母亲用本分与勤劳滋养我们兄弟几个长大。那是每吃一顿米饭就要一蹦老高，拍手高呼"妈妈万岁"的年月，每每此时，总看见母亲慈祥而凄苦地朝我们笑笑，然后看着我们几个将一勺米做成的满锅稀饭弄个底朝天。当时，我们没有谁会记起问一声她是否吃好，而总看见她边洗碗边用一只手攥一只大红苕啃得那么艰难。俗话说"半工半农，再吃不穷"，可当时作为月工资仅十多元的公社办事员的父亲又怎能使我们"再吃不穷"呢？父亲一贯忠于党和人民，视工作与荣誉如命，现在想来，同事经常戏称我"老传统"是不无道理的——父亲的基因与母亲的本分铸就了一个多么"传统"的所在。就这样，母亲要一边挣一天值八分钱的工分，一边经管着我们几个的长大。老二、老三的相继夭折，使母亲更为疼爱大哥和我，她的心灵上永远留下了难以愈合的伤痕。

母亲将孝敬、慈爱、友好、宽容拧成一股绳。在罗家湾是有名的孝顺媳妇、勤俭主妇、好公婆、好妻子。她从来不把父亲当作主要劳动力。总说，把工作干好了，就成。父亲那挂满四壁的奖状、锦旗，无不饱含着母亲的情和爱。更为可贵的是，他们的恩爱团结、相濡以沫被远近几十里的人们传为佳话，作为镜子。

对于母亲，我不可能"学以致用"，我只能用最朴实的话言，说出儿子最为平常的心愿，母亲老了，额头上的每一道皱纹都是一个关于我们兄弟的故事，"养儿防老"只不过是人们千百年来一种美好的愿望，作为儿女，是没有能力也不可能偿还母亲所奉献的情和所付出的爱的！我只能将一半的心愿尽量奉献给父母亲，将另一半爱加倍奉献给我的妻和儿子。这样，才能使一颗心达到不算平衡的平衡。

我只想在母亲的晚年，尽自己的最大努力，让她生活得充实、快乐些。母亲离不开她的那片土地，不愿意跟我过"城市生活"，却又心系城市——"手心手背都是肉"啊。希想在母亲有生之年，让县城都未多进的母亲到外地也坐坐火车，看看飞机，作为我这个月薪仅叁佰来元的编辑来说，担子是重了些，的确更重了些，但我宁可负债！因为，面对母亲，纵有上万种感激，却只能用最敬，表达儿子最为平常的心愿。